Auf moosbegrünten Pfaden meinem Ich entgegen
Versenkung zwischen mannigfachen Schatten
Sich an die Quelle allen Trosts zu legen
Um in der schnellen Welt nicht zu ermatten

So lausche ich ins Leben tief hinein
Das murmelt sanft tröpfelnd von allen Zweigen
Über mir wölbet der Mond seinen Schein
Um allumfangend ihn zu mir herabzuneigen

Ich atme die Jahrtausende bedächtig
Die zwischen den Geästen aufgespannt
Und spür das Mythische, das mächtig
Die Menschenwelt mit der Natur verband

Durch mich fließt jetzt der Kern jeder Legende
In mir verbinden sich damals und heute
Vom ersten Anfang bis zum letzten Ende
Da mit mir alles zu dem Ganzen sich vereinte

Aline Wollmer

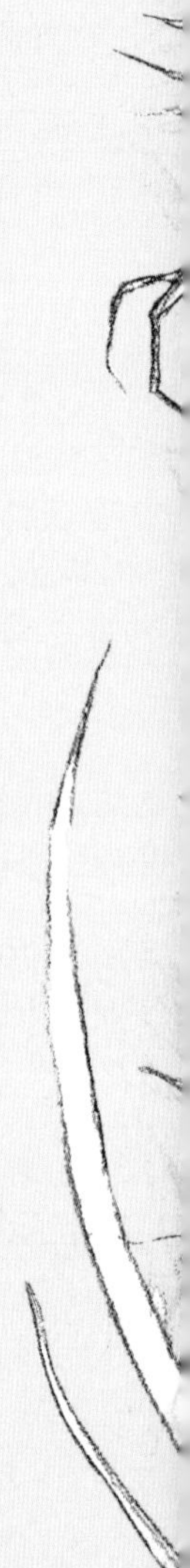

Sagen und Geschichten aus dem Soonwald und seinen Dörfern

Nacherzählt und kommentiert von Monika Kirschner

Layout und Illustration: Timo Fülber

Für Marie und Elke
und alle anderen kleinen und großen Freunde des Soonwaldes.

Band 1

habicht

www.habicht-verlag.de

Impressum

Bibliographische Information der Deutschen Bibliothek:

Die deutsche Bibliothek verzeichnet diese Publikation in der Deutschen Nationalbibliographie; detaillierte Daten sind im Internet unter http://dnb.ddb.de abrufbar.

Bildnachweis:
Alle Illustrationen von Timo Fülber

Redaktion: Monika Kirschner
Texte: Monika Kirschner
Historische Beratung: Uwe Anhäuser und Dr. Volker Keller
Quellenrecherche: Hans-Werner Ziemer
Coverbild: Timo Fülber
Umschlaggestaltung und Satz: Timo Fülber
Innenlayout: Timo Fülber
Herstellung: odd GmbH & Co.Kg Print + Medien, Bad Kreuznach
Printed in Germany
ISBN 978-3-9814335-0-0

Inhaltsverzeichnis

Der Soonwald:

Es gibt häufig Situationen in meinem Leben, in denen es heißt „Wo leben Sie eigentlich?“ Ich freue mich über diese Frage, kann ich doch endlich mal wieder über mein Lieblingsthema sprechen. Meine Antwort „Ich wohne im Soonwald“ wird nahezu unweigerlich gekontert mit: „Wo ist das denn?“ Das ist der Moment, auf den ich gewartet habe! Nun kann ich je nach Situation meinem Herzen Luft machen und vom Soonwald berichten. Dabei ertappe ich mich immer wieder dabei, wie viel Freude es mir macht, in einem abgelegenen, vergessenen Naturparadies zu leben. Gleichzeitig bin ich ständig bemüht, den Soonwald so bekannt wie möglich zu machen, denn er ist ein weithin unterschätztes Waldgebiet, das Experten als „nationalparkwürdig“ einschätzen. Meine ambivalenten Gefühle werden sich wohl nie ganz auflösen lassen. Auch dieses Buch ist ein Produkt meines inneren Zwiespalts: Es erzählt die alten Sagen des Soonwaldes neu und führt mit den Geschichten gleichzeitig zu geheimen Orten, die schon Generationen von Waldmenschen als etwas ganz Besonderes empfunden haben. Aber ist es nicht egoistisch, das Beste nur für sich zu behalten? Vor allem, weil es viele Menschen gibt, die vom Soonwald und seiner Schönheit leben und das auch in Zukunft möchten. Als Hans-Werner Ziemer und ich vor über zehn Jahren damit begannen, die Sagen unserer Heimat zu sammeln, stießen wir auf Hunderte von Quellen. Es tat sich vor unseren Augen ein solcher Reichtum auf, dass wir es kaum glauben konnten. Vor allem zeigte sich sehr schnell, dass der Große Soon, also der Kern des Soonwaldes, und der Lützelsoon eine besondere Dichte von Geschichten aufweisen, sozusagen ein „Sagen-Cluster“. Lange überlegten wir, wie wir diesem Schatz gerecht werden könnten. Es sollte sich zeigen, dass das Zögern genau richtig war, denn 2008 zog der Künstler Timo Fülber nach Waldfriede in den Soonwald. 2010 stand seine Diplomarbeit an der Kunsthochschule Mainz an, bei der er mit einer Illustration des Nibelungenepos antreten wollte. Als er von den Soonwaldsagen hörte, entschied er sich für das heimatliche Thema. Kurzentschlossen wählten wir gemeinsam vierzehn Sagen. Die heterogene Sprache der diversen Vorlagen und die umfangreiche Quellenlage erforderte eine gründliche Überarbeitung der Texte. Als neues Element fügte ich jeder Sage einige Ideen zum historischen Hintergrund und zur möglichen Bedeutung der Geschichte bei. Jeder, der sich im Soonwald auskennt, hat wahrscheinlich darüberhinaus seine eigenen Assoziationen und Interpretationen zu den alten Texten. Ich wünsche mir, dass dieses Buch dazu beiträgt, dass wieder mehr Austausch über die alten Geschichten und ihre Hintergründe stattfindet. Daraus könnte so etwas entstehen, wie eine Wiederbelebung der alten Tradition der „Maje“, des geselligen Beisammenseins am Abend, wie es zum Teil in einigen Soonwaldgaststätten und bei den monatlichen Stammtischen der Initiative Soonwald schon geschieht. Außerdem fügte ich den Texten eine Ortsbeschreibung mit Karte bei, um die „Tatorte“ auch ortsfremden Soonwaldwanderern zu erschließen. So kann man mit Hilfe deses Buches die Sagen an den Originalschauplätzen lesen, vortragen oder auch nacherzählen; ganz wie man will. Aus eigener Erfahrung weiß ich, dass diese Verknüpfung von Ort und Handlung ihren ganz eigenen Zauber hat. Eine Geschichte fällt aus dem Rahmen: „Eine alte Buche erzählt“ ist keine Sage. Der ehemalige Soonwald-Revierförster und Künstler Helmut Haack schrieb sie vor nicht so langer Zeit. Ich finde, diese Erzählung fügt sich wunderbar ein. Timo Fülber schuf zu allen Texten einfühlsame Illustrationen, die den eigenartigen Zauber der alten Geschichten in einer Bildersprache unserer Zeit stimmungsvoll begleiten. Nach einem Blick auf die nächsten Seiten werden Sie verstehen, was ich damit meine.

Mein Leben im Soonwald

Unterwegs im Wald treffe ich oft Wanderer, die den Weg zu „Schinderhanneshöhle", Koppenstein, Alteburg oder einer anderen der zahlreichen Sehenswürdigkeiten gewiesen haben wollen. Ich lächle dann und erkläre ihnen gern den Weg, weil ich weiß, auch wenn sie müde ankommen, werden sie ein außergewöhnliches Erlebnis gehabt haben, das ihnen noch lange in Erinnerung bleiben wird. Der Soonwald ist etwas Besonders. Er ist für mich ein wahrhaft „sagenhafter Wald". Daran haben auch die lokalen Helden, wie der „Jäger aus Kurpfalz" und der „Schinderhannes" ihren Anteil. Die Geschichten und Lieder aus dem Soonwald berichten von wilden Tieren, blutrünstigen Abenteuern und dramatischen Liebesgeschichten. Gleichzeitig erscheint der Wald in den Soonwaldtexten als Zufluchtsort in einem von Armut und Sorgen beherrschten Alltag. Dieser Widerspruch hat mich immer schon fasziniert. Der Soonwald sorgt immer wieder für überraschende Begegnungen. Hügelgräber, in dichter Folge Burgruinen, alte Kirchen und Wüstungen beweisen, dass der Soonwald ein sehr altes Siedlungsgebiet ist. Meine Begeisterung gilt aber auch der Tier- und Pflanzenwelt. Bei meinen Streifzügen durch den Wald treffe ich auf einmalige Bestände naturnaher Buchen- und Eichenwälder. Die Wildkatze bevorzugt den wenig besiedelten Soonwald als ihren Lebensraum. Hier fühlen sich solch seltene Vogelarten wie der Schwarzstorch, der Raubwürger und der Rotmilan zuhause. Auch Eisvogel, Grauspecht, Wespenbussard und seltene Fledermausarten leben hier. Aber was macht den Soonwald jenseits all dieser Gegebenheiten aus? Was sind die Geschichten hinter den Geschichten, was liegt unter der Oberfläche? Gibt es ein „Mysterium Soonwald", eine unterschwellige Ebene, auf der er sich im Bewusstsein der Ansässigen manifestiert, ein anderes, zweites Gesicht? Diese Frage beschäftigt mich, und ich versuche, mich ihr auf meine Art zu nähern. In meinen Bildern suche ich diesen anderen Soonwald. Ich will herausfinden, wie er im Laufe der Jahrhunderte zu dem geworden ist, wie wir ihn heute wahrnehmen. Für mich ist meine Heimat tiefgründig, unausgelotet und überraschend, wenn man sich die Mühe macht, unter die Oberfläche zu schauen.

Lange schon lebt meine Familie hier: Urgroßvater, Großvater und Vater liegen auf dem Monzinger Friedhof beerdigt und auch sie haben dieses Land geliebt. Mir bot sich jetzt die Gelegenheit, dieser Liebe Ausdruck zu verleihen und ich hoffe, das ist mir gelungen.Folgen Sie unserer Spurensuche, aber geben Sie acht! Wagen Sie sich nicht des Nachts auf Abstecher jenseits der Wege.

Timo Fülber

Der Affe zu Dhaun

Viele Generationen von mutigen Rittern und edle Adelsgeschlechter lebten auf Burg und später Schloss zu Dhaun und manche von ihnen hatten die absonderlichsten Vorlieben. Sie konnten es sich leisten, denn die Grafen vom Schloss Dhaun waren reich. Eine der Familien hielt zum Zeitvertreib einen zahmen Affen. Das gelehrige Tier trieb allerlei possierliche Dinge und verkürzte der Grafenfamilie die langen Winterabende am Kamin. Besonders unterhaltsam war der Affe, wenn er seine Herrschaft oder auch das Dienstpersonal „nachäffte". Das gefiel allen, und so erfreute sich der exotische Hausgenosse großer Beliebtheit. Eines Tages bekamen der Graf und seine junge Gemahlin ein Kind, einen kleinen Stammhalter. Der Knabe wurde nach seiner Geburt einer frommen Amme übergeben, die ihn mit allem versorgen sollte, woran es ihm fehlte. Die Amme war rechtschaffen um das Wohl des kleinen Prinzen bemüht und ließ es ihm an nichts fehlen. Der neue Erdenbürger erweckte bald das Interesse des Affen. Das Tier hielt sich in seiner Nähe auf, beobachtete die Amme genau und prägte sich jede ihrer Gesten ein. Der Affe sah nun öfter, dass die Ersatzmutter das junge Gräflein frisch gewickelt auf den Armen hin und her trug und es herzte und küsste. So war es auch wieder an einem warmen Hochsommertag im weitläufigen Garten des Schlosses. Die Sonne brannte heiß hernieder, einschläfernd summten die Bienen in den Rosensträuchern und die Schmetterlinge tanzten durch die Zweige. Die Amme wiegte das Kind in ihren Armen und fiel bald selbst in einen seligen Schlummer. Der Affe saß jedoch im Schatten einer alten Ulme und ließ sich wie üblich nichts entgehen. Blitzschnell erkannte das kluge Tier die seltene Gelegenheit, es der Amme gleichzutun. Geschickt sprang es an die Seite der Wärterin und nahm so sanft, wie der Affe es beobachtet hatte, das Kind aus dem Arm der Bediensteten. Das Tier herzte den Säugling, drückte und liebkoste ihn. Das gefiel ihm so gut, dass es gar nicht mehr von dem Prinzlein lassen wollte. Doch im Schlossgarten konnte der Affe jederzeit entdeckt werden. Also drückte er den Knaben an sich, sprang den Hang hinab, über den Bach in den nahen Wald. Dort war sein Zufluchtsort. Hier würden ihn seine Verfolger nicht finden. Als die Amme erwachte, bekam sie einen furchtbaren Schreck. Wo war das kleine Gräflein, das ihr anempfohlene Kind? Es überkam sie eine Todesangst. Wie sollte sie das den armen Eltern erklären? In ihrer Verzweiflung lief sie rastlos umher. Sie durchsuchte den großen Schlossgarten in all seinen Winkeln, die Zufahrtwege und Ausgänge und die unterirdischen Gänge und Verliese. Doch sie fand nicht die kleinste Spur ihres Schützlings. Als sie nicht mehr weiter wusste, entschloss sie sich, über das zerklüftete Tal des Kellenbachs in den Wald zu flüchten, um sich auf immer dem Zorn der Grafenfamilie zu entziehen. Je tiefer sie in den Wald hineinlief, um so verzagter wurde sie. Aber dennoch zog es sie immer weiter in das Dickicht. Es war, als würde ihr jemand den Weg zeigen, den sie gehen musste. Die Dunkelheit brach herein und es herrschte vollkommene Stille. Da hörte sie plötzlich von weitem etwas wimmern. Das war kein Vogel und auch kein Wild im Unterholz. Die Wärterin erkannte sofort den geliebten Schützling an seiner Stimme. Vorsichtig folgte die Amme dem Geräusch durch dichte Brombeerbüsche zu einer kleinen Lichtung. Was sie da erblickte, ließ ihr Herz fast stillstehen. Es war der Affe mit dem Kind! Er drückte das Wickelkind an sich und schaukelte es hin und her, ganz so, wie sie selbst es immer getan hatte, wenn sie das Kind beruhigen wollte. Mehr noch: In der einen Hand hielt das Tier einen Apfel, den es dem kleinen Grafen anbot, denn der sollte nicht hungern. Unter Tränen näherte sich die Frau dem Affen und flehte um den adligen Knaben. Der Affe ließ sich das Kind nur mit Mühe und unter Zähnefletschen entwenden. Schließlich konnte sie es wieder in die Arme schließen. Dankbar gegen Gott drückte sie es an sich und hetzte zurück ins Schloss. Dort erwarteten sie die besorgten Eltern. Das Glück war mit dem Erben ins Schloss zurückgekehrt. Von dem menschen

freundlichen Affen jedoch hat nie mehr jemand etwas gehört oder gesehen. Zum Andenken an diese Begebenheit ließ der Graf aber am Burgtor eine Relieftafel anbringen, die den Affen zeigt, wie er dem Knaben einen Apfel reicht. Das Tier ging damit als „Affe von Dhaun“ in die Geschichte ein. Bei der Zerstörung des Schlosses blieb das Relief mit dem Affen erhalten. Doch was kein Krieg vermochte, schafften die zerstörerischen Kräfte der Zeit. Heute gibt es die Tafel zwar noch, aber der Affe mit dem Kind ist bis zur völligen Unkenntlichkeit zerstört.

Die Wiege leer, des Grafen Kind hinweg, ich arme Frau! Der Vater schlägt mich lahm und blind, der Raugraf ist so rauh. Zigeuner wohl, da kurze Frist ich nickte, trugen´s fort. Und wo der Wald am tiefsten war, im eichenstarren Soon, des Grafen Affe pflegt fürwahr geschickt des Grafen Sohn. Er bringt ihm Aepfel, die er fand dort vor des Waldes Saum und süßer Beeren allerhand, und Honig aus dem Baum. Wiegt ihn in Schlaf auf seinem Schoß ganz nach der Amme Brauch. Macht ihm ein Bett aus weichem Moos, sitzt dann und schlummert auch. Da nimmt die Frau den Knaben froh und trägt ihn fort geschwind, im Schlosse war schon ein Halloh um das verlor´ne Kind. „Hier ist der Jung, er war im Wald; der Affe der ihn stahl, Er kommt wohl auch, der Schläfer bald, erwacht er nur einmal. Er hat mir alles nachgemacht, genau, wie er´s geschaut, nun halt ich immer besser Wacht und schnarche nicht so laut." Des Grafen und der Gräfin Pein war da in Luft verkehrt, Dem Affen setzten sie in Stein einmal,das heut´noch währt. Hier hält er vor dem Saal zu Dhaun dem Kind den Apfel hin, Doch warum wird nicht ausgehau´n die fleiß´ge Wärterin?

Der Affe zu Dhaun
von Karl Joseph Simrock

Was vielleicht dahinter steckt...

Blickt man heute von der engen Schlucht des Simmerbachs hoch zu dem kühn auf den Felsen gebauten Schloss, kann man gut nachvollziehen, wie in früheren Zeiten das adelige Treiben dort oben die Phantasie der Durchreisenden entzündete. Einige Dorfbewohner, als Gesinde bei den adligen Familien tätig, konnten sicher manche Episode über das barocke Leben hinter den hohen Mauern beisteuern. So mag die Sage „Der Affe zu Dhaun" entstanden sein. Burg Dhaun wurde im 13. Jahrhundert von den Nahegaugrafen erbaut. Im Mittelalter schützte die Anlage das Territorium der Wildgrafen. 1340 wurde die Burg während der so genannten „Dhauner Fehde" von Truppen des Erzbischofs Balduin von Trier belagert. Dieser lag mit dem Burgherrn Johann I. von Dhaun im Streit um die strategisch wichtige Schmidtburg im nahen Hahnenbachtal (siehe auch Sage 6). Im Zuge der Auseinandersetzungen entstand ein regelrechter Ring von Vorburgen um den Berg herum, zu dem auch die Burg Brunkenstein gehörte. Sie ist heute noch unterhalb des Schlosses als Ruine im Wald zu finden. Im 15. und 16. Jahrhundert wurde Burg Dhaun weiter ausgebaut und verstärkt. Aus jener Zeit stammt das noch gut erhaltene unterirdische System aus Gängen und Verliesen. Im 18. Jahrhundert kam es zu einer umfangreichen Umwandlung der Burg in ein barockes Schloss. Auf welches Grafenkind die Sage vom „Affen zu Dhaun" zurückgeht, ist nicht überliefert, aber es wird sicher eine Familie aus dem 18. Jahrhundert gewesen sein, als prachtvoll gestaltete Gärten gern auch mit exotischen Tieren ausgestattet wurden. Diese Mode kam aus Frankreich und wurde auch in anderen europäischen Adelshäusern zum „dernier cri". Damals begann auch für Dhaun eine neue Zeit. Der damalige Rheingraf Karl hatte seine besten Jahre bei Feldzügen in Frankreich verbracht. Zurück in Dhaun musste die alte Burg den neuen Ideen aus der Fremde weichen. Er gestaltete seinen Familiensitz komplett um. Der Graben wurde zugeschüttet und zum Garten umgestaltet. Grotten, Fontänen und Laubengänge schmückten den neuen Park genauso wie ausländische Gewächse, von denen heute noch einige zu bewundern sind. Affen, Pfauen und Fasane bildeten die lebende Staffage für die lustwandelnde Gesellschaft. Diese Kulisse für opulente Feste scheint der Hintergrund dieser Sage zu sein. Sie knüpft damit an reale geschichtliche Merkwürdigkeiten an und steigert sie ins Wunderbar-Phantastische aus – zur Freude des Publikums.

Zu spät !

Der muntere Hahnenbach fließt von der rauen Hunsrückhöhe durch den Soonwald ins sonnenverwöhnte Nahetal hinab. Nicht weit entfernt von der Stelle, wo seine klaren Wasser sich in die Nahe ergießen, ragt vor dem Städtchen Kirn ein zerklüfteter Quarzitkamm in die Höhe. An seinen grauen Felsen schmiegen sich drei Burgruinen und erinnern an die Geheimnisse einer unrühmlichen Vergangenheit. Es sind die drei Burgen Stein, Kallenfels und Stock im Hane. Alle drei einst Machtsymbole des Rittergeschlechtes derer von Steinkallenfels, die von sich behaupteten, „nie erobert und nie besiegt worden zu sein." Ob das nun stimmen mag oder nicht, solch einen Ruf erwirbt man nicht durch Wohltaten an der Menschheit. Vielmehr war das Geschlecht der Steinkallenfelser weithin berüchtigt für seine Streitlust, seine wilde Wegelagerei und vor allem für seine Verachtung für die frommen Mönche, die jenseits der Nahe auf dem heiligen Berg des Disibod ihr Kloster hatten.

Immer wenn Pilger auf dem Weg zu den Gebeinen Disibods unterwegs waren, dann waren auch die Steinkallenfelser zur Stelle, um sie auszurauben. Diese gottlosen Handlungen erwiesen sich als einträgliches Geschäft,denn mancher der frommen Wallfahrer war reich und begütert. Auf die hatten es die wilden Gesellen abgesehen. Sie schleppten sie kurzerhand auf eine ihrer Burgen und epressten stattliche Lösegelder. Wenn die Gefangenen es nicht schafften, die geforderte Summe zur angesetzten Stunde beschaffen zu lassen, wurden sie kaltblütig ermordet. So harrten die Verzweifelten voller Angst in den schrecklichen Verliesen der drei Burgen, zitternd, ob das Lösegeld auch zur rechten Zeit am rechten Orte war. Im Laufe der Jahre trieben die Steinkallenfelser ihr Spiel mit immer größerer Grausamkeit. Wenn das Lösegeld auch nur wenige Momente zu spät überreicht wurde, waren die Gefangenen dem Tode geweiht. Zu jener Zeit führte in der „heiligen" Stadt Köln am Rhein ein mächtiger Mann das Regiment. Er stammte aus dem Geschlecht der Overstolzen. Er war reich, angesehen und beim Volke wegen seiner Gerechtigkeit beliebt. Dieser Mann konnte alles sein Eigen nennen, was man sich nur wünschen konnte, vor allem die Liebe seiner zarten jungen Frau. Doch ist auf Erden kein Glück vollkommen. Auch dem Overstolzen und seiner geliebten Gattin fehlte etwas, ein Erbe.

Doch der Wunsch nach einem Kind wurde ihnen nicht erfüllt. Von Jahr zu Jahr grämte sich das Paar immer mehr, und die Sorgen überlagerten ihr ansonsten so reich beschenktes Leben. Da hörte der gläubige Mann aus Köln die Kunde vom Klosterberge im Nahetal, der den Namen des heiligen Disibod trug. Gleich zwei Heilige segneten dort die Gläubigen. Disibod in Gestalt seiner Reliquien und Bonifatius, der Lebende. Damit fiel ein Hoffnungsstrahl in das Leben des Paares. Der noch rüstige Gatte entschloss sich, zum heiligen Berge zu pilgern, wo der Glan und die Nahe sich vereinigen und Disibods Sarg in einer kleinen Kapelle steht. Sein liebreizendes junges Weib war der langen Pilgerschaft nicht gewachsen und blieb traurigen Herzens zurück. Der Overstolz griff entschlossen, begleitet von den Segenswünschen und Gebeten seiner Gemahlin, zu Pilgerstab und Muschelhut und schloss sich den anderen Wallfahrern an, die vom Niederrhein und der roten Erde Westfalens herbeiströmten. Rheinaufwärts wurden es immer mehr. Der Kölner war voller Hoffnung im Herzen unter ihnen. Die Kunde von der großen Bittfahrt aus dem Norden erreichte schon bald die Steinkallenfelser. Ihre Boten berichteten von den reichen Städtern, die diesmal einen besonders fetten Fang erwarten ließen. Das war nach dem Geschmack der

wilden Gesellen. Sie griffen nach ihren Waffen und näherten sich im Schutz des dichten Soonwaldes dem frommen Zuge. Plötzlich, mit wüstem Geschrei und gezückten Schwertern, stürzten sie sich auf die schutzlosen Pilger. Die erstarrten vor Schreck, waren sie doch mit ihren Bitten ins Gebet vertieft und in Gedanken schon auf dem heiligen Berge. Nach kurzer Verwirrung suchten die Pilger ihre Rettung in der Flucht. Doch wohin sie sich auch wendeten, jeder Weg war ihnen versperrt. Alle, ohne Ausnahme, wurden niedergeschlagen und ausgeraubt. Schlimmer noch erging es den Reichen und Vornehmen unter ihnen. Sie wurden brutal gefesselt und fortgeschleppt. Unter ihnen auch Overstolz und sein Diener. Die Kallenfelser kannten ihr übles Geschäft nur zu gut und wussten, was zu tun ist. Sie herrschten den alten Diener an: „Mache dich auf gen Köln und bringe tausend Goldgulden zurück zum Kallenfels. Ihr habt eine Frist von vier Wochen. Des Overstolz Weib soll selbst das Geld bringen. Ist sie bis mittags zwölf Uhr mit Schlag der Kirchturmuhr nicht da, so findet sie ihren Gemahl an der Linde vor dem Burgtor aufgehängt. Nun mache, daß du fortkommst, denn wir halten Wort!" Da half kein Zaudern noch Säumen. Der Diener begab sich auf der Stelle gen Köln.

Erschöpft erreichte er nach einer Woche endlich seine Herrin. Todtraurig trat er in ihr Gemach und fand die Unglückliche im Siechbette, von Krankheit gezeichnet. Als der Getreue die Schreckesnachricht verkündete, erbleichte sie. „Nur nicht zu spät kommen“ war alles, was sie noch denken konnte. Die liebende Gattin kümmerte nicht das Geld, wohl aber die fürchterliche Drohung. Ihre Schwäche schien wie verflogen. Gehüllt in warme Gewänder trat sie noch am selben Tage die Reise an. Mehrere Diener trugen die edle Frau in einer Sänfte bergauf, bergab, über Stock und Stein. Die kleine Gruppe kam nur langsam voran. Die Verzweifelte bat ihre Begleiter, sich zu beeilen und versprach erst doppelten, dann dreifachen Lohn. In der Nacht fand die Frau des Overstolzen keinen Schlaf mehr, tagsüber raubten ihr die Tränen alle Kräfte. Kurz vor dem Ziel ereilte die Leidende vor Erschöpfung eine tiefe Ohnmacht. Am Morgen des Schicksalstages erreichte die kleine Gruppe endlich das Hahnenbachtal. In der Ferne ragten die düsteren Zinnen und Türme der drei Burgen gen Himmel. Die Frist war fast abgelaufen. Da erwachte die Frau des Bürgermeisters aus ihrer Ohnmacht. Ein schreckliches Bild war ihr im Traum erschienen. Sie sah den geliebten Gatten am Ast der Linde hängen!

Der Tag war rauh und kalt. Der Regen strömte vom Himmel. Konnte man die Todkranke noch den steilen Kallenfels emportragen? Da erhob sie sich mit letzter Kraft. „Fort, rief sie, um Gottes willen fort! Bringt mich zu ihm! Sie harren schon unter dem Baume!“ Die Diener eilten über den wildschäumenden Hahnenbach und den steilen Fels hinauf. Da schlug die Turmuhr. Die Diener durchteilten die neugierige Menschenmenge auf dem Burghof. Da sah die liebende Gattin ihren Gemahl vor sich, tot am Aste hängen. Ein schrecklicher Schrei ließ das ganze Tal erzittern: „Zu spät!“ Entseelt sank sie zurück in die Kissen. Mit den Dienern erreichte die Botschaft vom grausamen Ableben des verehrten Bürgermeisters und seiner Gemahlin die große Stadt am Rhein. Die Kölner ließen sich die unglaubliche Geschichte immer und immer wieder erzählen. Noch sehr lange vergaßen sie nicht die schrecklichen Zustände, die ihnen von der Nahe berichtet wurden. Sie mieden fortan diese Gegend, und bei ihren Festen wurde Mosel- und Rheinwein kredenzt, aber nie ein Nahewein. Was sie nicht wussten: Damit waren sie doppelt gestraft.

Was vielleicht dahinter steckt...

1834 berichtete der Dichter Karl Joseph Simrock von seiner Kutschfahrt durchs Hahnenbachtal nach Kirn, vorbei an der Burganlage Steinkallenfels: „Kirn wird von dem Hahnenbach durchflossen. In dessen Tal liegen auf steilen Felsenkämmen die seltsam gebrochenen, halb spukhaften Trümmer der drei Schwesterburgen Steinkallenfels, die einst weit umher Schrecken verbreiteten. Unweit davon prangt das neue Wartensteiner Schloss auf den Ruinen der alten Burg. Höher hinauf in dem wilden Felsental wollte ich die gewaltige Schmidtburg, das älteste Besitztum der Raugrafen, besuchen, aber ein Gewitter, in diesen Schlünden doppelt furchtbar, hätte uns fast in den Hahnenbach geschwemmt." Nach zwei Stunden musste im Dorf Hahnenbach die Erkundungstour abgebrochen werden, „weil der schmale Pfad am waldigen Saum des Gebirges unter Wasser stand." Soweit der Bericht des Reisenden, der an die Atmosphäre der Sage erinnert. Die Burganlage Steinkallenfels besteht aus drei Ruinen, dem „Stein", „Kallenfels" und „Stock im Hane". Die Erbauer der Burgen nutzten drei Felsen des steil aufragenden Quarzitriffs im Hahnenbachtal als Untergrund für die Anlage. Sie erzielten damit eine schon von weitem einschüchternde Wirkung der Festung. Diese Wirkung des Anblicks kann man trotz starker Zerstörung noch heute nachempfinden. 1682 sprengten französische Truppen die Grevenburg oberhalb Trarbach und zogen danach weiter nach Steinkallenfels, das sie schon wenige Tage später gleichfalls ruinierten. Diesen Zerstörungszug durch den Hunsrück beschrieb ein anonymer Verfasser so:

„Im achtzig zweiten Jahr wurdt Trarbach eingenommen,
desgleichen Kyrburg auch von Frantzen einbekommen,
darauff Stein-Callenfels, der Nachbarn sichre Grufft,
da half kein Bitten, Flehen, gejaget in die Lufft."

Das Geschlecht derer von Steinkallenfels nannte sich mal „von Stein", ein anderes mal „von Kallenfels", meist aber „von Steinkallenfels". Karl Joseph Simrock beschrieb in seinem Buch „Das malerische und romantische Rheinland" (um 1840) die Burgruinen von Steinkallenfels als ehedem verruchte Felsensitze, „wo die ritterlichen Rauschebärte des Mittelalters ihren Raub zusammenschleppten." Ihr Ruf war nicht der beste (siehe auch Sage 7). Die Familiengeschichte endete mit dem Tode von Philipp Heinrich Freiherr von und zu Stein Kallenfels im 18. Jahrhundert. Sagen wie „Zu spät" zeigen den Unterschied zu Märchen, bei denen der Sieg des Guten selbstverständlich ist. Hier behalten auch schon mal die Bösen die Überhand. Auch ist der Anspruch auf Wahrheit bei den Sagen größer als beim Märchen. Alle Örtlichkeiten und Namen haben einen realen Hintergrund in der Geschichte, nur die zeitlichen Verknüpfungen halten keiner historischen Prüfung stand. Da macht sich der Kölner Bürgermeister Overstolz auf den Weg, um Bonifatius auf dem Disibodenberg zu treffen. Die Overstolzen waren tatsächlich eine reiche Familie in Köln. Sie zählte zu den Patriziern und stellten mehrere Bürgermeister. Ihr Aufstieg zur Macht begann im 13. Jahrhundert. Bonifatius, damals Bischof von Mainz, dagegen besuchte schon 745 das Grab des Missionars Disibod. Zwischen den Ereignissen liegen also in Wahrheit einige Jahrhunderte.

Der Geldzähler im Soonwald

Hoch auf der Höhe des Lützelsoons geht der „Bruschieder Pfad" von Bruschied in Richtung Hennweiler. Der Weg führt über offenes Feld mit einem weiten Blick ins Land. Im „Auersloch" verschwindet er in einem kleinen Wäldchen. Dort beobachteten die Dorfbewohner immer mal wieder einen alten Mann. Diejenigen von ihnen, die ihn im Mondschein erkennen konnten, berichteten Gruseliges. Der sonderbare Fremde saß in der Hocke und zwischen seinen beiden Beinen klemmte ein schwarzer Hut. In diesen ließ er ein Goldstück nach dem anderen fallen und zählte dabei mit rauer Stimme vor sich hin. Nach einer Weile schüttete er die Goldstücke auf den Boden und begann erneut zu zählen. So trieb er es stundenlang, bis er schließlich im Morgengrauen verschwand. Die Leute vom Lützelsoon erzählten sich viel über den Geldzähler und rätselten, wer wohl dahinter stecken könnte, denn man hatte schon von Verstorbenen gehört, die des Nachts umgehen. Mit der Zeit wurden die Berichte vom Geldzähler immer unheimlicher, und schließlich traute sich niemand mehr auch nur in die Nähe der Flur im „Auersloch", geschweige denn den Alten anzusprechen. Man vermied den „Bruschieder Pfad" und ging lieber auf Umwegen nach Hause. Eines Tage, es war wieder Vollmond, war ein Musikant in den frühen Morgenstunden unterwegs nach Hause. Er hatte in Sonnschied aufgespielt und wollte zurück nach Seesbach. Auch er hatte von den Geschichten um den Geldzähler gehört. Doch er war müde, der Weg war weit und er wollte keinen Umweg in Kauf nehmen. Außerdem war er von der Furchtlosigkeit junger Männer, die wenig Lebenserfahrung haben. Er kam an der verrufenen Stelle vorbei und sah plötzlich in der Helle des Mondes den Geldzähler am Wege sitzen. Nach kurzem Erschrecken trat er zu ihm und fragte mutig nach dem Grund seiner sonderbaren Tätigkeit. Der Alte unterbrach das monotone Zählen, blickte zu dem Fragenden auf und sprach mit gebrochener Stimme: „Hier sitze ich Verfluchter zur Warnung für dich und andere.

Bei der Teilung meiner Erbschaft habe ich die Geschwister betrogen, indem ich von dem wenigen Geld Goldtaler für mich beiseite schaffte. Zur Strafe muss ich nun jede Nacht, bis der Morgen graut, mein Grab verlassen und zählen, zählen ... Noch lange ist meine Strafe nicht verbüßt, denn 1000 Jahre sollen vergehen, bis ich erlöst werden kann.“ Der junge Musikant erschauderte und stürzte davon. Er berichtete in den Dörfern ringsum von seinem Treffen und der Auskunft des Alten. Seitdem wurde der Geldzähler nicht mehr gesehen.

In der Geschichte vom „Geldzähler im Soonwald“ verbirgt sich eine Menge Wissen über die Lebensbedingungen der Menschen in den letzten Jahrhunderten, und man bekommt eine Ahnung davon, welchen Zweck solche Geschichten verfolgten. Die Soonwälder waren arm und gottesfürchtig. Die meisten von ihnen lebten von der schweren Feldarbeit auf wenig fruchtbarem Boden. Dazu kam im Hunsrück ein Erbrecht, das die Armen noch ärmer machte, die fränkische Realteilung. Sie bedeutet, dass das Land im Erbfall zu gleichen Anteilen unter den Kindern aufgeteilt wurde. Dies fand bei jedem Erbgang statt, sodass es zu einer Zersplitterung des Ackerlandes in eine Vielzahl kleiner Äcker führte. Im Gegensatz dazu steht das Anerbenrecht, bei dem der landwirtschaftliche Besitz nur an einen einzigen Erben fällt, damit es geschlossen erhalten bleibt. Das Anerbenrecht gilt in reichen Regionen wie Westfalen, die dadurch auch reich geblieben sind. Durch die Realteilung wurde das verbliebene Land mit der Zeit zu klein, um eine Familie zu ernähren. Deshalb gab es auf dem Hunsrück schon früh Nebenerwerbslandwirte, die noch einer weiteren Arbeit nachgingen. Einigen Hunsrücker Bauern blieb nur noch die Auswanderung, zum Beispiel nach Brasilien, als letzter Ausweg aus der Misere. Es gab noch weitere Ursachen für die verbreitete Armut auf dem Hunsrück, zum Beispiel Jahre mit schlimmen Missernten. Anfang des 19. Jahrhunderts, in der „Franzosenzeit“, führte Napoleon die Pockenschutzimpfung ein, wodurch die Kindersterblichkeit sank, die Armut aber noch zunahm. Unter solchen Umständen war die Versuchung groß, im Erbfalle Geld „beiseite zu schaffen“. Die Sage vom „Geldzähler im Soonwald“ sollte sicher diejenigen warnen, die solche Gedanken hegten. Außerdem galten in den frommen Gemeinden Geiz und Habgier als Todsünden. Für Martin Luther war der Geiz die Wurzel allen Übels. So sollten die Sagen oft auch eine moralische und erzieherische Funktion übernehmen.

Der Schatz vom Teufelsfels

Der bizarre Teufelsfels bewegt seit langer Zeit die Gemüter der Menschen am Lützelsoon. Viele Geschichten machen die Runde in den Dörfern, doch am liebsten hören die Soonwälder von verschütteten Schätzen, die darauf warten, geborgen zu werden.

Irgendwann einmal, niemand vermag mehr eine genaue Angabe zu machen, war ein Waldarbeiter in unmittelbarer Nähe des Teufelsfelsen mit dem Pflanzen junger Eichen beschäftigt. Er lockerte die steinige Erde und setzte die zarten Pflänzchen in den mageren Boden. Plötzlich zog er mit seiner Hacke einen ledernen Gurt aus dem Grund und beförderte ihn ans Tageslicht. Es befand sich eine verschlissene Tasche daran. Als er sie öffnen wollte, fielen leuchtend gelbe Goldstücke heraus und rollten über- und untereinander den Abhang hinunter in die zahllosen Felsspalten. Der Waldarbeiter war so verdutzt, dass er nicht schnell genug nach ihnen greifen konnte. In einer Vertiefung unter der Nordseite des „dicken Stään“ sah er die letzten Münzen verschwinden. Er versuchte die Stelle freizulegen, doch das harte Quarzitgestein trotzte allen Bemühungen. Die Goldstücke tauchten nicht mehr auf.

Der Gedanke an den Schatz unter dem Felsen ließ den armen Mann nicht mehr zur Ruhe kommen. Sein Seelenfrieden war dahin. Ohne Unterlass sann er fortan darüber nach, wie er doch noch an die Goldstücke kommen konnte. Endlich fasste er den Entschluss, den ganzen Felsen zu sprengen. In einer mondhellen Nacht führte er sein verzweifeltes Vorhaben aus. Die Sprengung gelang. Einer der großen grauen Quarzite zersprang. Der Mann meinte die richtige Stelle freigelegt zu haben. Aber alle Anstrengung war umsonst. Von dem Schatze zeigte sich keine Spur. Noch heute suchen manche Dorfbewohner im Lützelsoon an der Nordseite des Teufelsfelsen die Stelle, an welcher der erfolglose Goldgräber die Sprengung vorgenommen hat, denn Glücksritter sterben nicht aus.

Wie der Teufelsfels zu seinem Namen kam

Es war vor vielen, vielen Jahren, da fiel es dem Teufel auf, dass gar keine Leute mehr aus Bundenbach in die Hölle kamen. Das war ihm alles andere als gleichgültig, wollte er doch auch Bundenbacher im ewigen Feuer wissen. Aber er wusste nicht, was er machen sollte. In seinem Ärger wandte er sich an seine Großmutter. Man denkt meist nicht darüber nach, aber selbst der Teufel hat eine Oma, und die hält zu ihm, wie alle Großmütter. So fragte der Teufel sie, was er mit den Bundenbachern machen sollte. Die schlaue Alte wusste Rat: „Die Leute werden sich gewiss so ein Gotteshaus gebaut haben und nichts mehr von uns wissen wollen. Lauf schnell und nimm dir einen dicken Stein und wirf ihn mitten auf die Bundenbacher Kirche!" Das war nach dem Geschmack des Teufels, und er ließ sich den Rat seiner Großmutter nicht zweimal sagen. Er suchte nach dem größten Quarzitbrocken aus dem Soonwald, den er finden konnte, und machte sich auf den Weg nach Bundenbach, dem Dorf oberhalb des Hahnenbachtals. Der Teufel war schon ein Stück des Weges gegangen, da wurde ihm der Stein, groß wie ein Fels, zu schwer, denn es war ein schwüler Sommertag. Mit seinen feurigen Augen hielt er Ausschau nach einem schattigen Rastplatz, denn selbst dem Teufel kann ins Schwitzen kommen. Unweit von Hennweiler fand er eine luftige Anhöhe, von der aus er weit ins Land blicken konnte. Hier gefiel es dem Teufel. Er legte seine schwere Last ab und ließ sich nieder. Da kam ein altes Weiblein des Weges. Es erschrak vor dem furchteinflößenden Mann mit den glühenden Augen, den sie nicht kannte. Sie spürte, dass der Fremde nichts Gutes im Schilde führte. Der Teufel aber freute sich, dass er endlich jemanden nach dem Weg nach Bundenbach fragen konnte. Er sprach die Alte so freundlich, wie er sich verstellen konnte, an: „Gute Frau, könnt Ihr mir nicht den Weg nach Bundenbach weisen? Wie weit ist es noch bis dahin?" „Oh, lieber Herr", antwortete das schlaue Weiblein, „ich komme gerade von dort, das ist noch arg weit.

Da seht her“, und dabei öffnete sie ihren Korb, den sie auf dem Arm trug, „all diese Schuhe und Schlappen hab ich schon durchgelaufen, so weit ist das.“ Der Teufel erschrak. So eine lange Strecke wollte er den schweren Stein nicht mehr tragen. Also warf er den riesengroßen Brocken von sich und ging grimmig von dannen. Das Weib aber war froh, dass der seltsame Fremde seinen Plan, ihr geliebtes Heimatdorf Bundenbach zu besuchen, aufgegeben hatte. Die Frau war die Angetraute des Schusters von Bundenbach. Sie ging über die Dörfer ringsherum und brachte und holte bei der Kundschaft ihres Mannes die Schuhe ab. Seitdem spricht man im Soonwald vom „dummen Teufel“, aber auch von der „schlauen Schustersfrau“. Manche meinen auch, daher stamme das Sprichwort: „Weiberschläu stört Teufelei!“ Der hoch aufragende Quarzitfels bei Hennweiler heißt seitdem „Teufelsfels“, im Volksmund auch „dicker Stään“ genannt.

Was vielleicht dahinter steckt...

Wenn man heute, nach einem Spaziergang im Lützelsoon, die Sage vom „Schatz vom Teufelsfels“ am Teufelsfels nachliest, kann man dort tatsächlich viele Spuren finden, die zur Geschichte passen. Der Teufelsfels ist so zerklüftet, dass in seinen Felsen leicht Schätze für immer verschwinden können. Auch erscheinen die hochaufragenden Quarzitblöcke so bizarr, dass man kaum an eine natürliche Entstehung glauben kann. Einige Steine hängen festgekeilt in den Spalten, so als wären sie nach einer Sprengung durch die Luft geflogen. Für die Menschen früherer Zeiten ein unerklärlicher Anblick, die nach einer Deutung verlangte, zum Beispiel durch eine Sage, wie diese. Vielleicht steckt hinter der Geschichte aber auch die Erinnerung an drei Eisenbarren, die im 1841 beim Teufelsfels gefunden wurden. Sie sollen während der spätkeltischen Zeit dort versteckt worden sein. Der Fund stellte zur damaligen Zeit sicher ein Vermögen dar, wertvoll wie Gold ...

Die anonymen Verfasser verknüpfen die Sage mit dem moralischen Appell, sich nicht durch Gold um seinen Seelenfrieden bringen zu lassen. Kurzum ein Ort, der noch heute die Phantasie anregt, auch ohne diese Geschichte.

Tatsächlich entstand der Teufelsfels vor etwa 380 Millionen Jahren im Devon, als sich am Grunde eines Meeres sandige Ablagerungen bildeten. Diese wurden später zu Quarziten aufgefaltet. Der sehr harte Quarzit überstand die Verwitterung der Jahrmillionen besser als das umliegende „weichere“ Gestein, wie zum Beispiel der Schiefer. Die harten Formationen wuchsen im Laufe der Zeit förmlich aus dem Schiefer heraus. Heute prägen die grauweiß schimmernden Felsen die Höhenlagen des Soonwaldes.

Die zweite Sage zum Teufelsfels „Wie der Teufelsfels zu seinem Namen kam“ erscheint zunächst seltsam. Warum sollte der Teufel gerade die Bundenbacher in der Hölle vermisst haben? Fragt man nach, stellt sich heraus, dass Bundenbach tatsächlich bis heute ein sehr katholisches Dorf ist. Wie in kaum sonst einer Gemeinde im Hunsrück sind katholische Rituale, Prozessionen, feierlichen Beerdigungen und tägliche Andachten hier lebendig. Das geht auf die nahe, ehemals katholische Schmidtburg zurück, zu deren Besitz auch Bundenbach gehörte.

Interessant ist auch die Rolle der alten Schuhmacherfrau. Oft sind Handwerker wie Schuster, Schneider oder auch Hufschmiede Widersacher des Teufels. Das „ehrbare Handwerk“ galt als Inbegriff des Redlichen und Guten und stand damit im Gegensatz zum Bösen.

Frauen treten in sehr unterschiedlichen Rollen gegenüber dem Teufel auf: als Verbündete und als Widersacherin. In beiden Fällen sind sie oft schlau und dem Teufel überlegen, der in seiner einseitigen extremen Boshaftigkeit als beschränkt erscheint. Der Teufel wird von ihnen überlistet oder in die Flucht getrieben.

Auch in der Sage „Wie der Teufelsfels zu seinem Namen kam“ wittert die schlaue alte Frau die Gefahr und wehrt sie geistesgegenwärtig ab. Weise alte Frauen, also Frauen, die viel wissen und mit ihrem Wissen Gutes bewirken, galten auch als gute Hexen. Vielleicht war diese Schuhmacherfrau auch eine von ihnen.

Mord bei der Schmidtburg

Vor vielen hundert Jahren lebte auf der Schmidtburg im Hahnenbachtal ein Amtmann mit seiner wunderschönen Tochter. Sie war sein einziges Kind und ihm der größte Schatz auf Erden. Auch den jungen Männern der Umgebung blieb nicht lange verborgen, dass hoch auf der Schmidtburg eine bezaubernde Jungfrau lebte. Viele waren ihr zugetan und wünschten sie sich zur Gemahlin. Unter ihnen waren sogar zwei hochwohlgeborene Ritter. Die adeligen Jünglinge warben um die schöne Amtmannstochter und beide rechneten auf Grund ihres Standes mit einer Zusage der Angebeteten. Der Amtmann riet seiner Tochter, sich für einen von ihnen zu entscheiden. Doch das Mädchen zögerte. Sie wollte ihren lieben Vater nicht so schnell verlassen. Sie ließ die Jünglinge im Unklaren. Das konnte nicht lange gut gehen. Da griff der Vater ein und mahnte sein Kind zur Eile. Endlich verlobte sich die begehrte Maid mit einem der beiden Ritter. Der verschmähte Liebhaber aber war über seine Zurückweisung so aufgebracht, dass er auf Rache sann. In dieser Situation war es ein Leichtes für den Teufel, Gewalt über den jungen Mann und seine Taten zu erlangen. In seiner grenzenlosen Boshaftigkeit machte er dem zurückgewiesenen Ritter einen grausamen Vorschlag. Er flüsterte ihm ein, dass er nur durch Mord verhindern könne, dass der Nebenbuhler in den Besitz der Angebeteten gelange. Das leuchtete dem wütenden Jüngling ein. Er dachte nicht mehr an den armen Vater und auch nicht mehr an seine Verehrung für die Tochter. Blind vor Wut folgte er den Einflüsterungen des Bösen. Am nächsten Abend schon lauerte er der Jungfrau auf, als sie, vom nahen Bundenbach kommend, allein nach Hause eilte. Es dunkelte schon und der Mond schimmerte über der heimatlichen Burg. Kurz vor ihrem Ziel stürzte sich der Ritter aus dem Dickicht des Waldes auf die junge Frau und stach sie hinterrücks nieder. Er zerrte die Unglückliche auf einen nahen Acker mit dem Namen „Amtmanns Flur" unterhalb der Straße nach Hausen. Hastig grub er ein Loch und verscharrte die Leiche. Die grausige Tat wurde jedoch bald entdeckt und der Mörder war schnell ausgemacht. Vor dem Hochgericht bekam er seine verdiente Strafe.

Die Ermordete aber geht heute noch auf „Amtmanns Flur"um. Schon oft ist die viel zu früh aus dem Leben geschiedene Jungfrau von den Bewohnern der Ortschaften am Hahnenbach gesehen worden, besonders in mondhellen Nächten der Adventszeit.

Was vielleicht dahinter steckt...

Auch diese Sage „Der Mord bei der Schmidtburg" hat ihre handfesten Hintergründe in der Geschichte. Das Hahnenbachtal war früher ein Teil der „Via Valdentia". Als vor- und frühgeschichtliche Straße stellte sie eine überregionale Verbindung von der Rhône zum Mittel- und Niederrhein dar. Das Tal selbst war wenig besiedelt, aber es gab schon vor über zweitausend Jahren in frühkeltischer Zeit eine Art Industriegebiet entlang des oberen Hahnenbachs. Die Kelten und Römer bauten hier Erze ab. Der Schiefer war damals als Baumaterial noch nicht üblich. Preußische Experten entdeckten später auch noch mittelalterliche Abbaustellen am Schmidtburger Burgberg, wo die Erze teilweise schon an der Oberfläche austraten. Bei einer Bestandsaufnahme der alten Vorkommen, entdeckte man Kupfer-, Blei- und Zink-Erze. 1950 wurde der Bergbau im Tal noch einmal kurz aufgenommen. So wurden noch 1952 2025 t Blei-Zink-Erze mit einem Metallgehalt von 21 t Blei, 47 t Zink und 2 kg Silber gefördert. 1953 musste der Betrieb wegen Verarmung der Erzstollen wieder eingestellt werden. Heute lassen sich die Reste der alten Bergwerke mit Abraumhalden und über hundert verschütteten Stollen an verborgenen Stellen des Tales finden. Auch zwei Wüstungen mit Namen Kaffeld und Blickersau sind nachgewiesen und eine Kirchenruine, die Hellkirch, findet sich im Wald. Kurzum, das Hahnenbachtal hat immer noch seine Geheimnisse.

Die Schmidtburg selbst wurde vermutlich schon im Jahr 926 zum Schutz gegen die Einfälle der Ungarn errichtet. Urkundlich erwähnt wurde die Anlage aber erst im Jahr 1084 im Zusammenhang mit dem neuen Besitzer Emicho I. Die Burg war eine der Stammsitze der Wildgrafen. Um die Wende vom 18. ins 19. Jahrhundert war Johannes Bückler, besser bekannt als der Räuberhauptmann „Schinderhannes", ab und an mal „Burgherr", wenn er sich dort mit seiner Bande traf. Noch bis zum Ende des 18. Jahrhunderts wurde das kurtrierische Amt von der Schmidtburg aus verwaltet. Nur ein Wohnhaus und ein Wirtschaftsgebäude verblieben den Amtmännern, die tatsächlich bis zum Schluss auf der Schmidtburg wohnten, als der Rest der Anlage schon zerstört war.

Der Name „Amtmanns Flur", der den Ort der grausigen Tat benennt, ist nicht mehr nachweisbar. Schriftsteller und Kenner des Hahnenbachtals, Uwe Anhäuser, hat herausgefunden: „Es gibt Anzeichen dafür, dass eine heute namenlose Wiese im Talgrund gegenüber dem sogenannten „Mühlchen" als Tatort und „locus mortui" in Frage kommen dürfte." Interessant ist auch der Hinweis auf die „mondhellen Nächte der Adventszeit". Das scheint eine christliche Variante des alten Glaubens an die besonderen Rauhnächte (auch Raunächte) zu sein. Dies sind die Nächte um Weihnachtszeit und Neujahr. In dieser Zeit steht nach altem Volksglauben das Geisterreich offen, und die Seelen der Toten, vor allem der zu früh Verstorbenen, erscheinen des Nachts und wandern ruhelos umher.

Die Jungfrau von Koppenstein

Vor vielen hundert Jahren lebte auf dem Koppenstein der alte Ritter Johann von Koppenstein. Seine liebe Gattin war schon zu Grabe getragen worden. Der Schmerz zehrte an seiner Kraft und beschleunigte das Altern. Doch er war nicht ganz mutlos, denn seine beiden Kinder Johann und Irmgard machten ihm viel Freude. Besonders Irmgard war sein ganzer Stolz. Sie war das Ebenbild der Mutter und verzauberte alle mit ihrer Schönheit und ihrem feinen und liebevollen Charakter. Johann, das Ebenbild des Vaters, hatte sich schon früh unter seinen Standesgenossen hohes Ansehen erworben.

Mancher Ritter hielt auf Koppenstein Einkehr, um Irmgard zu freien. Doch sie wies alle Anträge zurück. Ihr Herz gehörte seit ihrer frühen Jugend dem besten Freunde ihres Bruders, dem jungen Ritter Gisbert von der Wildburg. Der Vater wusste von der Tochter Zuneigung und war glücklich darüber, denn auch er schätzte den Wildburger. Auf einem Bankett, das von einem Grafen der weitläufigen Sponheimer Verwandtschaft gegeben wurde, lernte auch einer der wilden Ritter von Steinkallenfels Irmgard kennen. Sein Herz entflammte für die Jungfrau, obwohl er erfahren hatte, dass sie Gisberts Verlobte war. Das erhöhte sogar noch sein Begehren. Im blinden Vertrauen auf seine Macht war er überzeugt, den Wildburger ausstechen zu können. Einige Tage nach dem Festgelage erschien der verliebte Kallenfelser auf dem Koppenstein. Irmgard weilte zu dieser Zeit bei einer Base auf Burg Sponheim. Der Kallenfelser betrat selbstbewusst das Gemach, in dem der alte Koppensteiner ihn in seinem Lehnsessel empfing. Nachdem einige Becher des feurigen Monzinger Roten geleert waren, erklärte der Steinkallenfelser dem alten Herrn kurz und knapp, daß er Irmgard zum Weibe begehre. Übermütig geworden vom kräftigen Wein der Nahe, schreckte er nicht zurück, den Alten zu beleidigen. Es müsse, betonte er, doch eine Ehre für einen aus dem Bastardstamme der Koppensteiner sein, wenn ein Kallenfelser um die Hand seiner Tochter anhalte. Aufs tiefste gekränkt, wies der Koppensteiner die verletzenden Worte seines Gastes zurück und sagte mit fester Stimme, dass Irmgard Gisberts Braut sei. Da schwollen dem Kallenfelser die Adern, seine dunklen Augen rollten und er schrie: „Wie, ihr wollt sie diesem Jüngelchen aus dem armseligen Waldnest geben? Ich wünsche Euch Glück dazu! Doch wisset, ein Kallenfelser lässt sich nicht abweisen. Nur Eure weißen Haare schützen Euch, sonst hätte ich die Beleidigung auf der

Stelle gerächt!“ Nach diesen Worten stürmte er aus dem Gemach, und in wenigen Minuten sah man ihn auf seinem Rosse durchs Burgtor den Berg hinuntergaloppieren. Um seine Kinder nicht zu beunruhigen, verschwieg der alte Koppensteiner das Vorgefallene. Er hoffte, der Grimm des Abgewiesenen würde sich legen, wenn der Hochzeitstag vorüber wäre. Doch ehe der Herzenswunsch des alten Mannes in Erfüllung ging, rief ihn der Tod ab. Sitte und Herkommen verlangten, dass die Hochzeit verschoben wurde. Der Kallenfelser jedoch hatte Irmgard nicht vergessen. Die Zurückweisung ließen sie in seinen Augen noch begehrenswerter erscheinen. Er hatte sich geschworen, falls sie nicht freiwillig sein Weib werde, wolle er sie mit Gewalt nehmen.

An einem Herbstmorgen rückte er mit seinen Mannen gegen den Koppenstein. Im Dickicht des Soons versteckten sie sich und schwärzten sich die Gesichter. Über der Burg lag tiefer Frieden. Dann öffnete sich das Burgtor. Junker Johann ritt mit einigen Knappen heraus, um im Soonwald das edle Waidwerk zu pflegen. Als die Zugbrücke unten war, stürzten die Kallenfelser aus ihrem Versteck hervor und jagten den Burgweg hinauf. Ehe die Koppensteiner wussten, wie ihnen geschah, waren die Eindringlinge schon im Burghof. „Wo ist Irmgard?“ war die erste Frage des Unholds. Doch er brauchte keine Antwort abzuwarten. Die Jungfrau hatte den Lärm gehört und war ans Fenster des Frauengemachs geeilt. Ein Blick ließ Irmgard trotz des geschwärzten Gesichts den Kallenfelser erkennen. Eine furchtbare Ahnung ergriff sie und was sie fürchtete, stand als grausiges Bild vor ihrer Seele. Todesangst durchrieselte ihre Glieder. Doch ihr Entschluss war gefasst, lieber wollte sie sich selbst den Tod geben, als diesem Wüstling in die Hände zu fallen. Wie ein gescheuchtes Reh flüchtete sie aus dem Frauengemach die Stiegen des Turmes hinauf. Schon hörte sie die Tritte des Gefürchteten hinter sich. Oben angekommen schwang sich Irmgard in ihrer Verzweiflung über die Steinbrüstung des Bergfrieds. „Hinweg, Verruchter “, rief sie, „oder ich stürze mich hinab und sterbe rein.“ „Nicht doch, Liebchen, vergiss den Milchbart von der Wildburg. Komm in meine Arme, du sollst es gut bei mir haben“, entgegnete der Kallenfelser. Schon stand er hinter ihr, wollte sie eben an ihrem Gewand ergreifen, als sie rief: „Heilige Jungfrau, erbarm dich mein!“ Dann stürzte sie sich über die steinerne Brüstung in die Tiefe. Dem Unhold stockte das Blut in seinen Adern. Er beugte sich

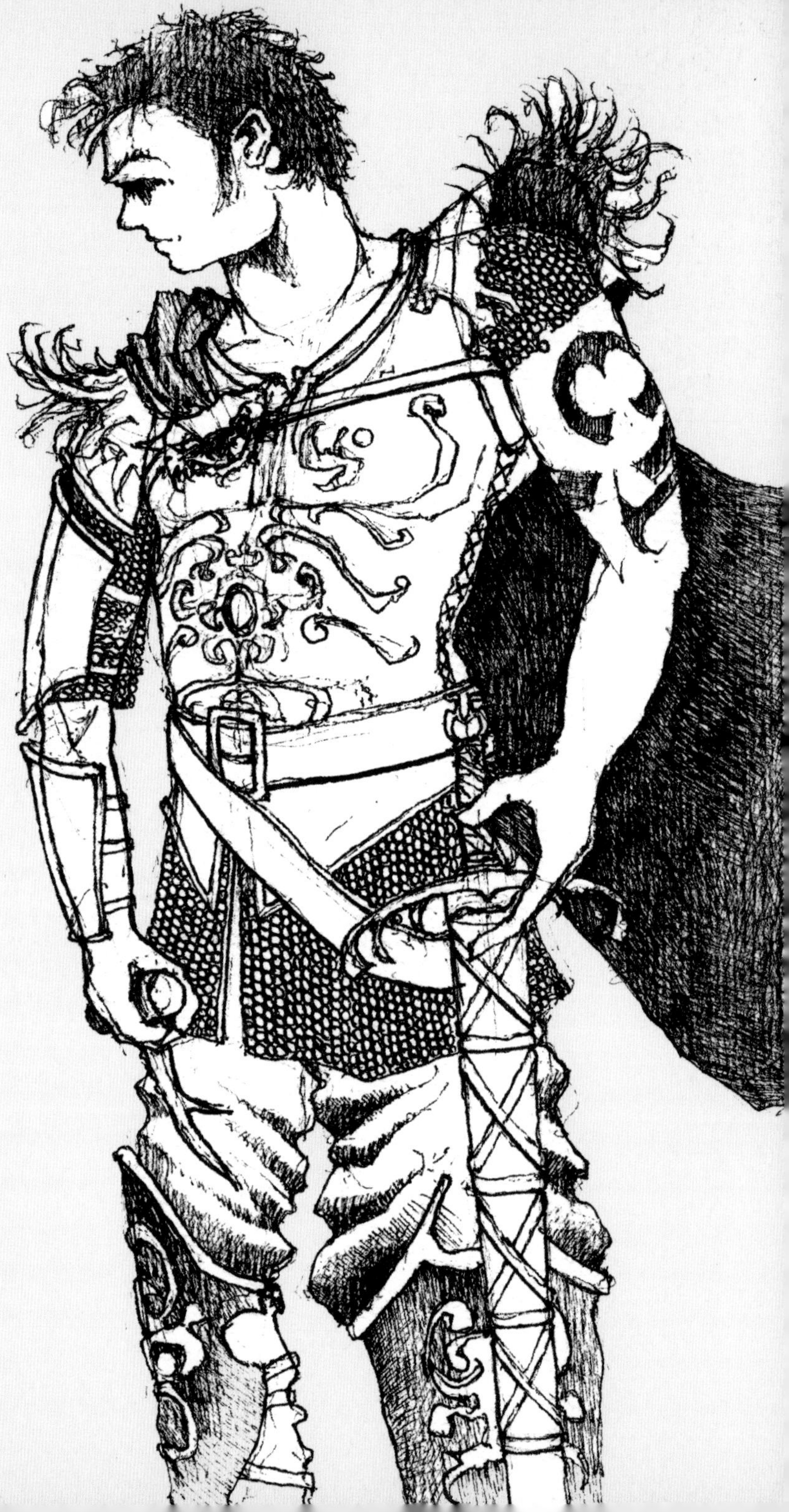

über die Mauer, das zerschmetterte Mädchen in den Felsen suchend. Da schlich hinter ihm der Koppensteiner Turmwart die Stiege herauf. Er fasste die Beine des Kallenfelsers und hob ihn beherzt empor. Dieser wollte sich am Gesims halten, aber schon hatte der Körper das Gleichgewicht verloren und stürzte hinab wie die Reine, die bereits dort unten lag. Da lärmte es unten im Burghof. Gisbert von der Wildburg war eben gekommen, um seine Braut zu besuchen. Die Mannen des Kallenfelsers flohen in alle Richtungen davon. Gisbert fand seine tote Braut. Sein Glück war vernichtet. Er wollte nichts mehr als beten für die Seele, die ihn so treu geliebt. So ging er als Bruder ins Kloster Sponheim. Schon nach wenigen Jahren fand auch er im Grabe Ruhe.

Was vielleicht dahinter steckt...

„Des Hunsrücks Wahrzeichen sollst du sein, du grauer trutziger Koppenstein."
Karl Röhrig, Liederbuch

Die ehemalige Burg Koppenstein verdankt ihren Namen einer Berghöhe, die, wie von Riesen ferner Zeiten, mit mächtigen Quarzitbrocken und kantigen Gesteinsblöcken zugeschüttet erscheint. Hoch auf dem Felsenmeer tront ein fünfeckiger Bergfried. Koppenstein war die Gipfelburg der Sponheimer, von der aus sie die strategisch wichtige Verbindungsstraße zwischen ihren Besitzungen an Mosel und Nahe bewachten. Die Ursprünge der südlich von Gemünden gelegenen Befestigungsanlage gehen wahrscheinlich bis in die keltische Zeit zurück. Im 12. Jahrhundert erwarben die Sponheimer Grafen die Burg. Zu großen Reichtümern haben es die Koppensteiner nie gebracht, und so schrieb schon Otto von Vacano in seiner „Romanze von Herzog Reichard":

„Weder Stadt noch Grafenkrone
Nannte sein der Gegenpart,
Nur zwei Dörfchen in dem Soone,
Wo der rechte Holzdieb knaart,
Huldigten dem Koppensteiner.
Reich an Wild und arm an Geld
Schlug er sich vergnügt wie keiner
Immer durstig durch die Welt."

Der Sponheimer Graf Johann II. hielt sich am liebsten auf Koppenstein auf. Er hatte einen Sohn mit der Tochter eines Dienstmannes, Wallrab genannt. Dieser wurde vom Kaiser legitimiert und Stammvater der Ritter von Koppenstein. Sein Name verweist auf das Wappen mit einem schwarzen Raben. Die Höhensiedlung erhielt 1330 von Kaiser Ludwig IV. die Stadtrechte. Es fehlte der Burg jedoch von Anfang an Garten- und Ackerland und ausreichende Wasserversorgung. Spätestens im Dreißigjährigen Krieg wurde der Platz aufgegeben. Burg und Siedlung verfielen. Die Mauerreste sind heute von Unterholz überwuchert. Aber der restaurierte, gut sechzehn Meter hohe Bergfried der Burg Koppenstein kündet noch vom Aufstieg und Fall der alten Stadt. Auf dem Turm kann man sich bis heute lebhaft in die gruselige Geschichte zurückversetzen und eine überwältigende Aussicht genießen. Neben Irmgard, der Jungfrau von Koppenstein, ist noch eine weitere Frauengeschichte mit der Ruine verbunden. In einem Haus am Eingang zur verfallenen Burg starb am 6. Januar 1821 Maria Margaretha Rosenstein im Alter von 72 Jahren als letzte Bewohnerin der Anlage. Ihre geheimnisvolle Geschichte nahm der Simmerner Bürgermeister und Mundartdichter Peter Josef Rottmann zur Grundlage eines langen Gedichtes vom „Koppensteiner Gretchen" - auch eine bittersüße Liebesgeschichte.

Der Schinderhannes narrt die Gendarmen

Es ist noch nicht so lange her, da saßen die Soonwälder an langen Winterabenden am liebsten im traulichen Stübchen am Holzfeuer. Sie trafen sich, wenn die Sonne untergegangen war, zur „Maje", zum Geschichten erzählen. Dazu flackerte das Feuer lustig im Herd. Besonders die Alten kannten viele Geschichten, doch die liebsten waren ihnen die Abenteuer vom Schinderhannes. Kein Wunder, dass die Erzählungen über den Räuberhauptmann von Mal zu Mal abenteuerlicher wurden. Eine dieser Geschichten spielte in einem alten Soonwald-Gasthaus, in der Trifthütte. Da saßen vier durstige Gesellen zusammen und zechten. Mit gutem heimischen Bier aus dem nahen Kirn stieg die Stimmung. Es wurden derbe Scherze gemacht, gelacht und unflätige Gesänge angestimmt. Plötzlich hörten die Saufkumpanen lautes Pferdegetrappel auf dem Hof. Zwei Gendarmen stürzten in die Schenke und schrien: „He Wirt, wir brauchen schnell einen Schnaps. Wir haben es eilig. Der Schinderhannes soll sich irgendwo hier aufhalten. Den suchen wir. Das wird noch ein hartes Stück Arbeit, den zu finden". Die vier Zecher beobachteten die Ankömmlinge mit Interesse und freuen sich auf trinkfeste Genossen. Einer der Männer rief den Polizisten furchtlos zu: „He, Kameraden, kommt herein. Ihr seid eingeladen. Ruht euch ein wenig aus!" Das ließen sich die Beamten nicht zweimal sagen. „Ihr seid wackere Staatsdiener," sagte einer der Gesellen, „es soll uns nicht auf ein »Kirner« ankommen." Lange brauchten sie die Gendarmen nicht zu überreden. Bald saßen die Männer gemeinsam gemütlich bei Bier und starkem Selbstgebrannten und schmauchten ihr Pfeifchen. Als die Aufmerksamkeit der Beamten vom vielen Alkohol reichlich getrübt war, verließ einer der vier wilden Gesellen das Gasthaus. Niemand beachtete das, bis plötzlich von draußen vor dem Fenster höhnisches Gelächter ertönte. Die Beamten blickten verwirrt durch die matten Scheiben und erkannten ihren Saufkumpanen, der ihnen ins Gesicht feixte und Grimassen schnitt. „Und ihr wollt echte Gendarmen sein", rief er den Beamten zu, „und sauft zusammen mit dem Schinderhannes? Kommt, fangt ihn, wenn ihr schnellere Beine habt". Im selben

Moment verschwand er in der Dunkelheit. Die verdutzten Gendarmen stolperten hoch, um dem Flüchtigen nach zu jagen. Sie rannten in den Stall, schwangen sich in die Sättel ihrer Pferde und fielen gleich auf der anderen Seite wieder unsanft herunter. Wieder ertönte höhnisches Lachen aus einer dunklen Stallecke. Da erst bemerkten die Beamten, dass der Schinderhannes ihnen die Sattelgurte durchgeschnitten hatte. Die blamierten Gendarmen schworen sich, niemand und niemals von dieser Schmach zu erzählen. Doch sie hatten die Rechnung ohne den Wirt gemacht. Der sorgte dafür, dass auch diese Geschichte vom Schinderhannes bald im ganzen Soonwald die Runde machte.

Was vielleicht dahinter steckt...

Der Name „Schinderhannes“ geht auf die historische Figur von Johannes Bückler zurück; geboren am 25. Mai 1783 in Miehlen im Taunus und hingerichtet am 21. November 1803 in Mainz. Schinderhannes verübte seine Schandtaten mit wechselnden Gruppen von Bandenmitgliedern. Insgesamt waren es über 90 Männer. Den Gaunern wurden etwa 130 Straftaten, Diebstähle, Erpressungen und Raubüberfälle nachgewiesen. Sie waren sogar in Tötungsdelikte verwickelt. Im Laufe seiner Räuberlaufbahn entwickelte Johannes Bückler einen solchen Ruhm, dass immer mehr Menschen ihn heimlich bewunderten und so zum Beispiel ohne Aufforderung Wache hielten, wenn er sich in einer Gaststätte im Soonwald aufhielt. Doch Johannes Bückler war kein deutscher Robin Hood. Er führte weder Krieg gegen Reiche, noch war er ein Wohltäter der Armen. Dennoch hat er es geschafft, bis heute für viele Menschen als eine sympathische Figur zu erscheinen. Die abenteuerlichen Geschichten über ihn tragen dazu wesentlich bei. Zu Zeiten des Schinderhannes wurde 1798 auch die Kirner Privatbrauerei gegründet. Im 17. Jahrhundert braute der Kirner Gastwirt Jacob Andres ein kräftiges Bier für seine Gäste. Die waren davon so begeistert, dass er ab 1798 auch andere Gaststätten belieferte. Das war auch die Zeit des Schinderhannes. Bis heute ist das Kirner Bier, besonders das Pils in der kurzen Flasche, liebevoll Stubbi genannt, im ganzen Hunsrück beliebt. Zum Andenken an den Schinderhannes braut die Traditionsbrauerei den „Schinderhannes Bock“, eine Starkbierspezialität für die kalte Jahreszeit.
Der Ursprung des Namens „Trifthütte“ liegt in dem alten Wort „Trift“, das bedeutet soviel wie Treiberweg. Tatsächlich wurde früher das Vieh aus den Soonwaldrandgemeinden zur Weide in den Soonwald getrieben. An dieser Trift enstand die Trifthütte, heute ein beliebtes Ausflugsziel und Spießbratenhaus. Die Abgeschiedenheit der „Trifthütte“ machte das Gasthaus für Gelegenheitsdiebe interessant, so auch für den Schinderhannes. “Hannes durch den Wald zechte hier mit seinen Kumpanen.“, berichten die Mainzer Gerichtsakten. Es ist außerdem urkundlich belegt, dass Schinderhannes und seine Bande sich häufig auch in der Umgebung der Trifthütte aufhielten. Ganz in der Nähe, in Henau an der „Runden Buche“, nahmen die Räuber reichen Bauern ihr Geld ab. In der Hoxmühle im Hoxbachtal fand sich im Keller eine Pistole mit den Initialen „JO. B.“, Johannes Bückler, im Holzgriff eingeritzt. Und im nahen Seesbach fand ein Schusswechsel statt, bei dem ein Sobernheimer Gendarm schwer verletzt wurde. Die berühmte „Schinderhanneshöhle“ aber, eine Spalte im Schieferhang, wahrscheinlich ein Versuchsstollen im Hoxbachtal, ist wohl mehr eine romantische Erfindung der Schinderhannesfolklore im späten 19. und im 20. Jahrhundert.

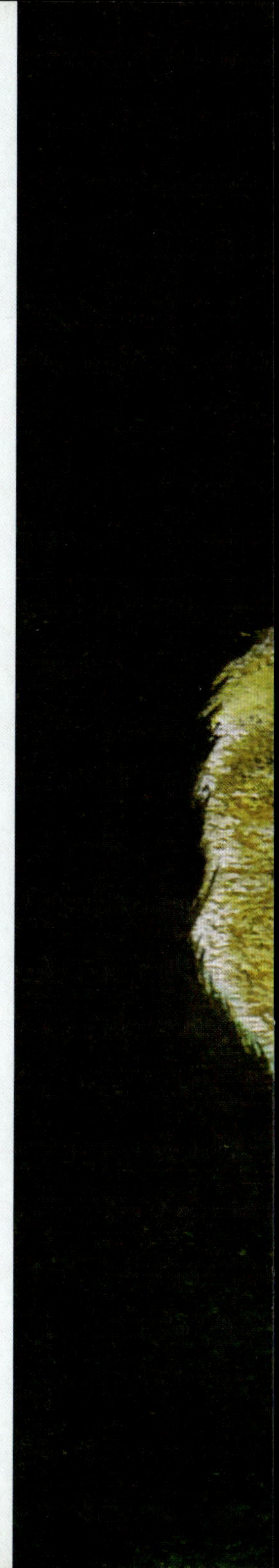

Die Glocke von Kallweiler

Vor dem Dreißigjährigen Krieg war Kallweiler im Soonwald ein lebendiges und reiches Dorf. Die Glocke im Kirchtum von Kallweiler war sogar aus Silber. Beim Abendläuten hielten die Leute in den Nachbardörfern ehrfürchtig inne, um dem Wohlklang der Glocke zu lauschen. Im Dreißigjährigen Krieg zog ein marodierendes schwedisches Heer durch unsere Heimat. Die Dörfer am Soonwaldrand waren vielfach schon so ausgeraubt, dass die Schweden selbst die Kirchenglocken stahlen. Als die Bürger von Kallweiler davon hörten, fürchteten sie um ihre geliebte silberne Glocke. Eilig schleppten die Bauern die schwere Glocke die Turmtreppen hinab und versenkten sie in einem Brunnen. Schon kurze Zeit später fielen die Schweden in Kallweiler ein. Als sie den Bauern das letzte Hab und Gut entrissen hatten, verlangten sie auch die silberne Glocke, von der ihnen schon berichtet worden war. Aber keiner der Bürger von Kallweiler verriet den Soldaten, wo sie versteckt lag. Darüber gerieten die Schweden so in Zorn, dass sie das ganze Dorf in Brand steckten und die verbliebenen Gemäuer einrissen.

Doch das sollte ihnen nichts nützen, denn mit den letzten Mauern von Kallweiler schütteten sie den Brunnen, in dem die Glocke lag, endgültig zu. So haben die Schweden die Glocke zwar nicht gefunden, aber die armen Bewohner von Kallweiler verloren Haus und Hof. Viele von ihnen zogen zu Verwandten und fanden in den verschont gebliebenen Dörfern der Umgegend eine neue Heimat. Manche Soonwälder behaupten, man könne die Glocke von Kallweiler noch heute des Morgens und des Abends läuten hören. Auch gibt es einige Glücksritter, die versucht haben sollen, die silberne Glocke zu heben. Aber dies ist bis heute noch niemandem gelungen.

Was vielleicht dahinter steckt...

Das Dorf Kallweiler existiert nicht mehr. Es ist heute eine Wüstung. Dieses Schicksal ereilte viele Dörfer des Hunsrücks. Besonders im Spätmittelalter und nach dem Dreißigjährigen Krieg wurden Siedlungen aufgegeben. Ursachen dafür waren meistens Kriege, wirtschaftliche Notlagen oder Epidemien, wie die Pest, die zu einem starken Bevölkerungsrückgang führten. Wüstungen sind jedoch keine Erscheinung der Vergangenheit. Durch den demographischen Wandel werden auch in Zukunft möglicherweise wieder Wüstungen entstehen.

In Kallweiler finden sich noch heute Mauerreste als die letzten Spuren der einstigen Ansiedlung. Bei Erdarbeiten fanden sich außerdem altertümliche Schlüssel und Tonscherben. In den 1930-er Jahren bot ein Wander- und Erholungsheim des „MoHoHu" Gelegenheit zur Einkehr. „MoHoHu" war eine Abkürzung für „Verein für Mosel, Hochwald und Hunsrück". Sein Nachfolger ist heute der „Hunsrückverein". Südlich von Kallweiler liegt das wildromantische Hoxbachtal mit der Schinderhanneshöhle. Diese ist ein überregional bekanntes Ausflugsziel. Wenn man die Größe der Felsspalte in Augenschein nimmt, erscheint es eher unwahrscheinlich, dass jemals der Räuberhauptmann Schinderhannes mit seiner Bande hier Unterschlupf gefunden hat. Vielmehr ist es sicher so, dass der geschäftstüchtige Besitzer der „Curcolonie Waldfriede" in der Nähe seines Hotels Wanderziele für seine Gäste bieten wollte. Da kam ihm die Höhle gerade recht, und er machte sie Anfang des 20. Jahrhunderts in seinen Prospekten als „Schinderhanneshöhle" bekannt. Der Name hat sich eingebürgert. Noch heute steht er in vielen überregionalen Freizeit- und Wanderkarten; gelungenes Marketing würde man heute sagen!

Der erlöste Grenzsteinsetzer

An heißen Sommern gingen die Seesbacher Bauersleut schon in den frühen Morgenstunden zur Getreideernte auf den Acker, und bei Vollmond nutzten sie auch die kühlen Abendstunden für ihre schwere Arbeit. An einem solchen mondhellen Abend schnitten einige von ihnen Roggen auf der Flur „Sansbach". Plötzlich erschien eine weißgekleidete, hagere Gestalt aus dem nahen Wald und kam direkt auf sie zu. Die gespenstige Erscheinung ging gebückt unter der Last eines riesigen Quarzitsteins auf ihren Schultern. Der Felsbrocken schimmerte im Mondlicht und erinnerte in seiner Form an einen Grenzstein; nur war er viel größer. Der Geist murmelte ständig schwerverständliche Worte vor sich hin. Die Seesbacher erstarrten vor Schreck und ließen ihre Sensen und Rechen zu Boden fallen. Die unheimliche Gestalt kam immer näher und schließlich verstanden die Erntearbeiter die Worte: „Wo soll ich den Stein hintragen? Wo soll ich den Stein hintragen?" Unter ihnen war auch ein „Flabbes". Der einfältige Mann hatte keine Furcht und antwortete frech: „Wo du ihn geholt hast!" Da hielt die weiße Gestalt plötzlich inne und sprach: „Auf diese Worte habe ich seit Jahren und Jahren gewartet. Nun bin ich endlich erlöst!" Damit verschwand der Geist vom mondhellen Acker und ist seitdem nicht mehr zurückgekehrt.

Die Leute in den Soonwalddörfern erzählen sich die Geschichte noch immer, wenn sie am Abend beim „Maje" zusammensitzen. Für sie war die Erscheinung der Geist eines Verstorbenen, der zu Lebzeiten heimlich einen Ackergrenzstein versetzt hatte. Zur Strafe für seine Freveltat musste der Betrüger nächtlich umgehen, bis ihn das mutige Wort eines Unbedarften erlöste. Die Strafe für seine böse Tat war damit verbüßt.

Was vielleicht dahinter steckt...

Im Mittelalter und in den Jahrhunderten danach galten Grenzen und Grenzsteine als unantastbar, denn sie sicherten die Ordnung der bäuerlichen Existenz. Dennoch führte die bittere Armut der Bauern immer wieder einige von ihnen in Versuchung, ihr knappes Land durch das geheime Versetzen der Grenzsteine zu vergrößern. Grausame Strafen sollten den Landdiebstahl verhindern. Dem einen wurden die Hände, die Grenzfrevel begangen hatten, abgehackt, ein anderer wurde bis zum Hals in die Erde eingegraben und dann der Kopf abgepflügt. Wer sogar einen Grenzbaum fällte, wurde mit dem Nabel an einen Baum genagelt und vom Henker um denselben geführt, bis alle Gedärme aus dem Körper gezogen waren.
Eine solche abschreckende Wirkung sollte sicher auch von der Sage „Der erlöste Grenzsteinsetzer" ausgehen. Auch erinnert die Sage daran, welch harte Arbeit die Ernte für die Bauern bis ins 20. Jahrhundert hinein war. Arbeiten, die heute ein Mähdrescher in wenigen Stunden erledigt, dauerten früher mehrere Wochen. Das Mähen mit der Sense war Sache der Männer. Die Frauen mussten nachsuchen, binden und Garben aufstellen. Dabei halfen auch die Kinder mit.
Den Flurnamen „Sansbach" gibt es tatsächlich mehrfach in der Umgebung von Seesbach. Die Landwirtschaft spielt noch immer eine wichtige Rolle im Ort, obschon die Zahl der Vollerwerbslandwirte heute stark zurückgegangen ist. Das Dorf kann auf eine tausendjährige Geschichte zurückblicken. Um das Jahr 1000 ließ der Mainzer Erzbischof Willigis (975–1011) eine Kirche zur Missionierung der Region an einem Hang beim heutigen Seesbach erbauen. Die Semendiskapelle ist neben der sogenannten Gehinkirche bei Auen und der Stephanuskirche in Hennweiler eine der ältesten Kirchen der Region und verfügt über sehenswerte Fresken. Die Dorfmitte bildet ein riesiger Felsen. Manche vermuten fälschlicherweise in dem Naturdenkmal Sedimentgestein oder gar einen Meteoriten. Es handelt sich aber um einen sogenannten „Gangquarz", einen Quarzithärtling aus dem Karbon. Es wirkt fast so, als wäre Seesbach an und um diesen großen Gangquarz herum entstanden, so eng schmiegen sich die Häuser an das Gestein. Vielleicht bot der Fels Schutz in der Landschaft und wurde so zum Anlass der Besiedlung. In der Chronik der katholischen Schule zu Seesbach hat Lehrer Johannes Müller 1895 festgehalten: „Das sich an den Felsen lehnende und jetzt dem Adam Fuhr gehörende Haus heißt noch heute »die Burg«." Der große Gangquarz war den Seesbachern vielleicht von jeher so etwas wie eine natürliche Feste, eine Burg. Aber es gibt keinerlei schriftliche Quellen zu dieser Vermutung. Der Bad Kreuznacher Heimatdichter Willy Mathern war von der Siedlung am Fels so angetan, dass er dem „Dörflein" im vorigen Jahrhundert ein eigenes Gedicht widmete, dessen letzte Strophe lautet:

„So von Schönheit rings umrahmt,
Liegst du, Seesbach, hingeschmieget,
Wie ein gülden Kleinod lieget,
Das gefasst in grünen Samt."

Der Schatz im Brunnen

Von Simmern unter Dhaun führt ein Weg durch das Äppelbachtal hoch nach Seesbach, einem Dörflein am Soonwaldrand. Auf der halben Höhe des Weges macht der Bachlauf einen Knick in Richtung Eichheck. Dort auf der Dunselwiese finden sich die Quellen des Äppelbachs. Von diesem Platz wird viel Seltsames berichtet. Hier soll es nicht immer geheuer sein.

Die Wiese birgt zwei frische Quellen, die den grünen Teppich nähren und die zarten Wildblüten erfrischen. In einem der „Brünnlein" aber liegt tief verborgen ein Schatz, der ihm vor vielen tausend Jahren anvertraut wurde. Ein Schatzkästlein ist es, reichlich gefüllt mit Gold und Edelsteinen. Der Schlüssel zur Truhe ward einer Schlange anvertraut. Man sagt, nur in einer mondhellen Nacht kann der Schatz gehoben werden. Dann rauscht und gurgelt Schlag Mitternacht das Wasser und das Schatzkästlein steigt aus der Tiefe herauf auf die Wiese. Zwischen Gras und Blumen kommt dann die Schlange herbeigekrochen, auf dem Haupte eine Krone von Gold. Die giftigen Zähne halten den Schlüssel zu dem Kästchen fest umklammert. Nur mit diesem einen Schlüssel kann die Schatztruhe geöffnet werden.

Der Glückliche, welcher der Schlange den Schlüssel entwindet, kann den Schatz heben und ihn in seinen Besitz nehmen. Wer diese Tat vollbringt, bekommt soviel Macht, dass er sogar ein verwunschenes Menschenkind erlösen kann.

Viele beherzte Menschen aus den Soonwalddörfern haben von dieser Geschichte gehört und versucht, den Schatz zu heben. Die mutigsten wachten dort nachts im Mondschein viele Stunden in Erwartung großen Reichtums. Doch bis zur Stunde ist es keinem gelungen, in den Besitz des Schlüssels zu gelangen. Der Schatz aber findet sich immer noch in der Tiefe der Quelle.

Was vielleicht dahinter steckt...

Die Sage „Der Schatz im Brunnen“ erscheint zunächst seltsam und hat wenig gemeinsam mit den anderen Sagen in diesem Buch. Aber es gibt solche Geschichten von schatzhütenden Schlangen auch in anderen Regionen Deutschlands und in Österreich. Das Element der Schlange ist die Erde, in deren geheimnisvoller Tiefe auch die Sage spielt. Der Schlange werden magische Kräfte zugebilligt. Schlangenhaut als Amulett soll stark machen und gegen den „Bösen Blick“, den Neidblick, sowie vor Unheil schützen und die Feinde erschrecken. Schatzhütende Schlangen sind meist verzauberte Seelen, welche man erlösen muss. Dazu passt auch das Symbol des Schlüssels. Die Schlange trägt den Schlüssel zur Erlösung bei sich. Er steht für die noch ungeöffnete, ungelöste Bindung an den Besitz. Auch der scheinbar unvermittelte Hinweis auf „ein verwunschenes Menschenkind“, das „erlöst“ werden kann, bekommt so eine Bedeutung. Die Schlange ist selbst das unerlöste Kind. Schatzhütende Tiere symbolisieren in solchen Sagen oft die Seelen ungetauft verstorbener Kinder, die als sogenannte Wiedergänger an den Orten ihres Lebens „umgehen“. Ähnliches gilt auch für Selbstmörder und Verbrecher (siehe Sage 10).

Das Apfelbachtal gibt es heute noch an der Straße von Simmertal nach Seesbach. In Höhe der Haltestelle Horbach, im Volksmund scherzhaft „Horbacher Bahnhof“ genannt, fließt der Apfelbach von der Höhe Eichheck, einem alten Seesbacher Flurnamen, in Richtung Simmertal. Dunselwiese dagegen ist kein bekannter Flurname, wohl aber gibt es im Seesbacher Dialekt das Wort „Dunzel“ für ein dummes Mädchen. Früher fanden sich im Apfelbachtal Siedlungen die zu Wüstungen wurden, zum Beispiel „Haulschied“ in Höhe der heutigen Fischweiher gegenüber dem Wanderparkplatz „Randhahns Ruh“.

Seit vielen Generationen lieben die Jäger den Soonwald. Bis weit ins Land hinein erzählte man sich die Geschichten von seinem Reichtum an Wild. Besonders die starken Hirsche hatten es den Jägern angetan und ließen sie vom Soonwald träumen. Doch nicht jeder von ihnen fühlte sich einer gerechten Jagd verpflichtet. Einigen war gar nichts heilig – außer ihrer wilden Jagd. Oft waren es gerade die adligen Herren, die es besonders bunt trieben, sogar am heiligen Sonntag.In allen Dörfern am Soonwaldrand läuten die Glocken den Sonntag ein und rufen die Frommen in ihre Dorfkirche. Aber den Wild- und Rheingrafen interessierte kein Gott und kein Gebet. Werktag und Feiertag, das war ihm alles gleich. In die Kirche ging er nicht, nur Zechen und Jagen waren seine Leidenschaft. Sein liebster Trinkspruch lautete: „Es lebe der Teufel und die Jagdreiterei! Horrido – Joho, Horrido – Joho, Horrido – Joho!" Man kann sich gut vorstellen, dass einem solch unchristlichen Jäger auch die notleidenden Dorfbewohner völlig gleichgültig waren. Und so ging es eines Sonntags wieder mit übermütigem „Halloh" und „Hussassah" den dichten Forsten des Soons zu, mitten durch die Felder und Saaten der armen Bauern.

Der wilde Jäger

Da plötzlich sprang ein weißer Hirsch auf. Die Hundemeute des Wild- und Rheingrafen folgte ihm sofort mit wildem Gekläff. Die Hörner klangen und die Hetzpeitschen knallten, dass es nur so sauste und brauste, immer dem Hirsch nach. Das gehetzte Tier floh in seiner Not von einem Wechsel zum anderen und überquerte schließlich die Glashütter Wiesen. Die große Lichtung diente einem armen Bäuerlein als Sommerweide für seine Schweine. Der Mann fiel vor dem Grafen auf die Knie und flehte, doch seine einzige Weide vor den Hufen der rasenden Pferde zu schonen. Doch das rührte den wilden Jäger nicht; im Gegenteil. Der Graf knallte ihm die Peitsche um die Ohren und stürmte mit dem ganzen Jagdtross rücksichtslos weiter über die Wiese. Der Hirsch rettete sich in das Dunkel des Soonwaldes. Der Graf aber ließ nicht von ihm ab. Er folgte dem Hirsch über Stunden durchs dichte Unterholz. Unbedingt wollte er das Prachtexemplar zu seinem Ruhme töten. Noch Stunden drang lautes Schreien und Rufen in die Sonntagsstille des Waldes. Tief im Buchenbestand stand damals eine fast zerfallene Hütte, die von einem frommen Mann bewohnt war. In diese Klause floh der auf den Tod gehetzte Hirsch.

Der Wild- und Rheingraf folgte ihm auch dorthin und stürmte mit seinem ganzen Tross gegen die Klause an. Der Klausner, ein Greis mit schneeweißem Bart, trat heraus und hob warnend die Hand. „Nicht weiter!“ rief er mit starker Stimme: „Hier finden die Verfolgten Asyl!“ „In der Hölle ist dein Asyl, du greise Kreatur!“ schnaubte der Graf den alten Klausner an. Da wurde es plötzlich finstere Nacht um sie herum. Zu Tode erschrocken stieß der Graf in sein Horn, doch es tönte nicht mehr. Der Graf schrie, doch er hörte sich nicht mehr. Er versuchte seine Peitsche zu schwingen, doch sie bewegte sich nicht mehr. Seinem Ross stieß er die Sporen in die Flanken, dass sie bluteten, doch es ging nicht mehr vor- noch rückwärts. Keuchend brach es unter ihm zusammen. Dann zuckte ein Blitz, und des Teufels Faust fuhr auf die Erde und donnerte: „Jage fort, immer weiter, bis an der Welt Ende!“ Also geschah es und geschieht es noch immer. Viele Geschichten aus dem Soonwald erzählen bis heute von seltsamen Geräuschen, wilden Winden und schrillem Geschrei. Das ist der verwunschene Graf, der für immer seine wilde Jagd weiterführen muss, auf ewig verfolgt vom grausamen Heere der Hölle.

Was vielleicht dahinter steckt...

Die Soonwälder mögen beim „Wilden Jäger“ wohl zunächst an den „Jäger aus Kurpfalz“ aus dem gleichnamigen Volkslied denken, hinter dem man den Erbförster Friedrich Wilhem Utsch aus Rheinböllen oder Johann Kasimir von Pfalz-Simmern oder auch Johann Adam Melsheimer vermutet. Das ist aber falsch. Diese Sage speist sich wahrscheinlich aus verschiedenen sehr viel älteren Quellen. Einige Heimatkenner vermuten hinter der Figur des „Wilden Jägers“ den Graf Walram von Sponheim, den Schwager des Wild- und Rheingrafen Johann von Dhaun. Er war bekannt für seine Tatkraft. Manche Fehde hat er für sich entschieden. Die Jagd liebte er über alles. Das Motiv vom wilden Jäger gibt es auch als Gedicht von Gottfried August Bürger, genannt „Der wilde Jäger“. Hier die letzte Strophe:

„Das ist des wilden Heeres Jagd,
Die bis zum jüngsten Tage währt
Und oft dem Wüstling noch bei Nacht
Zu Schreck und Graus vorüberfährt,
Das könnte, müßt´ er sonst nicht schweigen,
Wohl manches Jägers Mund bezeugen.“

Dem Pastor von Ippenschied, so erzählt man, soll der wilde Jäger einmal erschienen sein. Die Sage erwähnt auch die Soonwald-Waldwiesen. Das ist bezeichnend, denn wer den Soonwald etwas genauer kennt, weiß, dass seine verborgene Schönheit nicht nur in den alten Buchen- und Eichenbeständen zu finden ist. Es sind auch die weitläufigen Wiesen im Wald, geprägt von jahrhundertealten Laubbäumen. Sie verweisen auf eine Zeit des Hutewaldes, als das Vieh noch in den Wald getrieben wurde und der Soonwald noch ein Weidewald war, in den die Bauern der Soonwalddörfer ihr Vieh trieben. Vor allem die Schweine schätzten die Eicheln und Bucheckern als nahrhafte Leckerbissen. Heute gelten derart gefütterte Tiere in Feinschmeckerkreisen als rare Delikatesse. Die armen Bauern von damals ernährten sich - zumindest was das Schweinefleisch anbetrifft - aufs Allerfeinste. Die Nutzung von Waldweiden kann man mit Fug und Recht als eine Art Sennerei, vergleichbar mit der alpinen Landwirtschaft, betrachten. Aus dieser Form der Haustierhaltung könnte auch der Name Soonwald entstanden sein. Aber es gibt auch noch einen anderen Grund für die vielen Lichtungen im Wald. Einige stammen aus der Zeit der frühen industriellen Nutzung des Soonwaldes durch Köhler und Hüttenbetriebe. Auf den „Glashütter Wiesen“ stand früher eine Glashütte, die Pottasche von den Köhlern im Soonwald bezog. Bei großer Trockenheit kann man noch die Grundmauern der Glasbläser-Hütten ausfindig machen. Hier mag auch der „Wilde Jäger“ vorbeigestürmt sein. Die alten Siedlungen im Wald und die Schmelzen sind heute Wüstungen. Zurückgeblieben sind die zauberhaften Wiesen, die sich im Mai mit blühenden Orchideen und im Herbst im zarten Lila der Herbstzeitlosen schmücken. Hier kann das Wild ungestört äsen und einige Landwirte lassen heute ihre wertvollen Charolais-Rinder dort weiden.

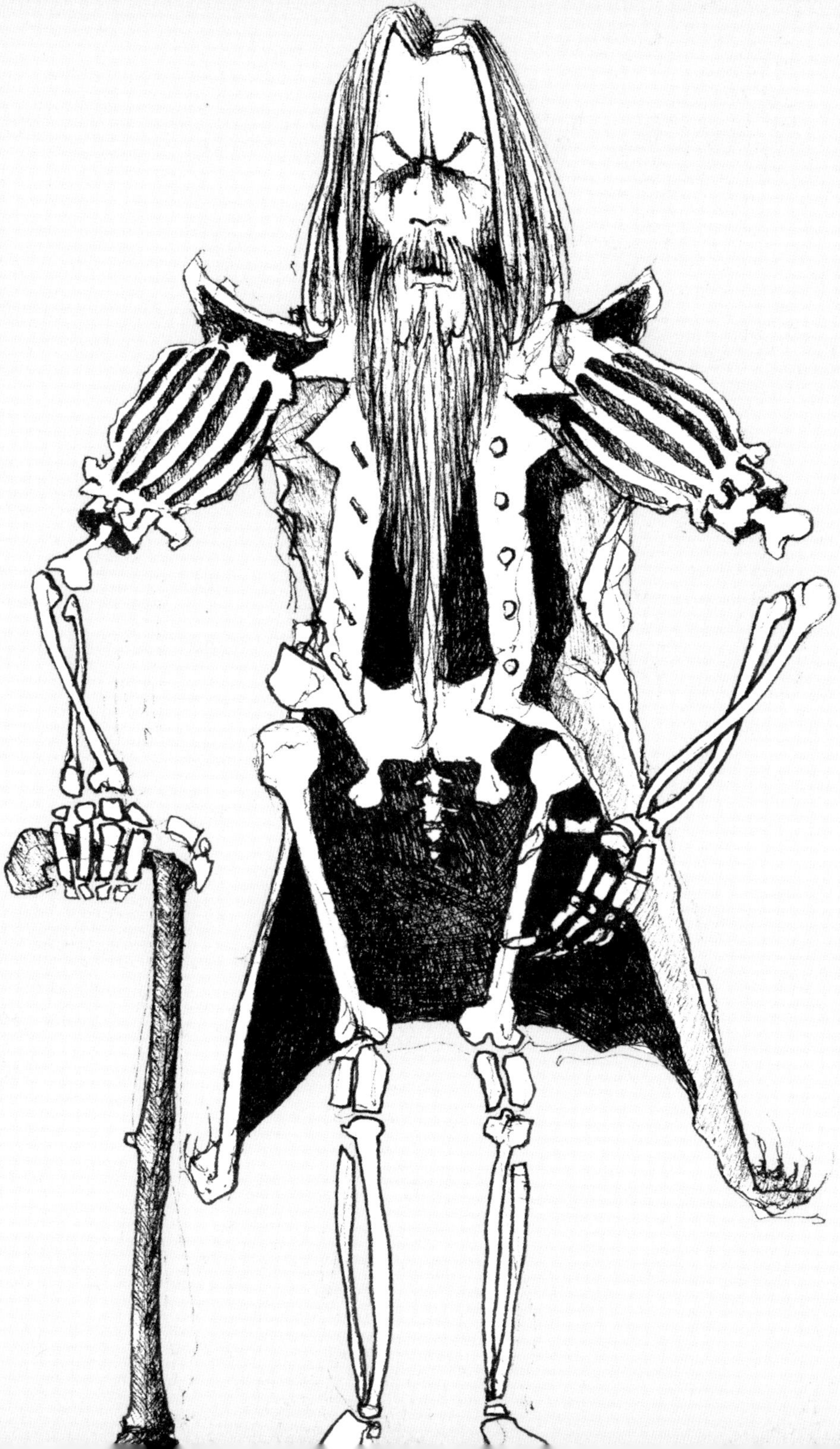

Der Geist auf der Wildburg

Ein Junggeselle war jenseits des Soonwaldes auf der Hunsrückhöhe seiner Arbeit nachgegangen. Spät am Abend machte er sich auf den Heimweg durch den nachtdunklen Wald gen Winterbach. Sein Weg führte ihn über den ersten Kamm an der Wildburg vorbei. Er beschloss, im Schatten der uralten Bäume zu lagern, bis eine rote Morgensonne ihm Licht schenken würde. In der Dämmerung sammelte er trockenes Reisig, entzündete ein Feuer und ließ sich zum Schlummer am schützenden Fels nieder. Da fiel plötzlich aus der Krone einer knorrigen Buche ein menschlicher Arm und schlug direkt vor ihm auf den Boden. Ehe er sich vom ersten Schrecken erholt hatte, kam ein zweiter Arm hernieder. Es folgte ein Bein, ein zweites Bein, ein menschlicher Rumpf und schließlich, oh Graus, ein Kopf. Die Gliedmaßen und der Kopf bewegten sich lebhaft untereinander und fügten sich wie von Geisterhand zu einer Figur zusammen. Innerhalb von Sekunden stand die unheimliche Gestalt eines bärtigen alten Mannes vor dem Junggesellen. Der seltsame Fremde erhob seine tiefe Stimme und sprach: „Wenn du keine Furcht hast, so komm mit mir!“ Wie magisch angezogen, so, als hätte er keinen eigenen Willen mehr, folgte der Bursche der düsteren Gestalt ohne Widerspruch. Der Alte ging auf die aufragenden Felswände unterhalb der Wildburg zu. In seiner Hand hielt er einen seltsam geformten Schlüssel. Plötzlich erschien vor den beiden eine vorher nie gesehene Eisentür. Der Alte öffnete sie mit dem Schlüssel, und die beiden traten in einen hellerleuchteten Saal. Ringsum die Wände strotzten vor gefährlichen Waffen, wie Speere, Messer, Schwerter, Armbrüste und Schilde. Der Bärtige legte den Schlüssel mit großer Geste auf ein Tischchen bei der Tür. Mit seiner tiefen Grabesstimme forderte er den unerfahrenen Jüngling auf, sich das Beste auszusuchen und an sich zu nehmen. Es solle für immer sein eigen sein. Lange wusste dieser nicht, wofür er sich entscheiden sollte, denn er kannte sich mit Ritterausrüstungen nicht aus. Schließlich griff er nach einer Armbrust. In diesem Augenblick fuhr der Alte ihn an, und seine Augen funkelten unter den wilden Brauen hervor: „Unseliger, hättest du doch den Schlüssel genommen, alles hier wäre dein gewesen, und ich wäre erlöst worden. Nun sieh bloß zu, daß du weiterkommst!“ Mit einem Riesensatz sprang der Jüngling ins Freie. Mit einem Schlag wie Donnerhall krachte die schwere Tür hinter ihm zu und riss ihm ein Stück aus der Ferse. Die Verletzung sollte den jungen Mann noch lange an sein Abenteuer erinnern. Aber die Eisentür in der Felswand hat niemand mehr finden können.

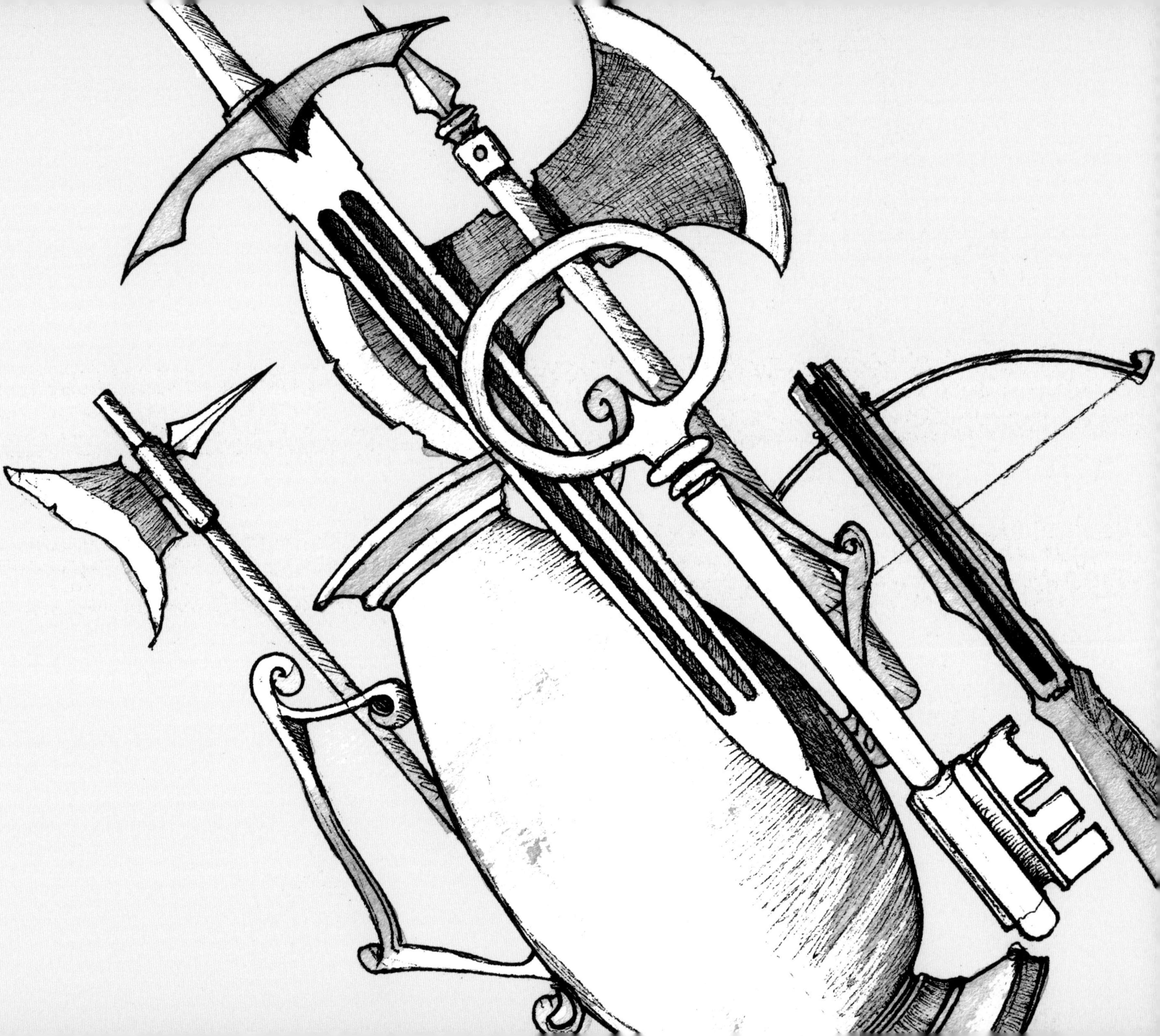

Was vielleicht dahinter steckt...

„Die Wälder hier tragen Namen, so schaurig, wie sie wirklich sind."
Karl Joseph Simrock

Wie Koppenstein, die Alteburg und der Teufelsfels ist auch die Wildburg im wilden Herzen des Soonwaldes ein Platz, der die Phantasie der Soonwaldbewohner seit Jahrhunderten beflügelt. Die Geschichte „Der Geist auf der Wildburg " beschreibt sehr treffend den magischen Charakter des mittelalterlichen Burgbezirks, inzwischen eingeholt von der Wildnis. Tiefe Gräben, hohe Wälle und dichte Vegetation verweigern dem neugierigen Blick die zahllosen Geheimnisse dieses Platzes. Im Zentrum der Anlage steht noch immer der sogenannte „Strunk" ein massiger Quarzit, den die Jahrhunderte aus dem Gipfelkamm herausgehoben haben. Über dem harten Fels erkennt man das alte Gemäuer. Dabei handelt es sich um die urkundlich genannte Oberburg, auf der sich Reste eines Turmes befinden. Ab dem 16. Jahrhundert verfiel die Burg immer mehr. Seit dem 18. Jahrhundert ist sie nicht mehr bewohnt. In der Sage werden auch die alten Buchen im Burgbezirk beschrieben. Sie sind heute noch dort vorzufinden. Eine Wanderung zur Wildburg ist vor allem auch eine Begegnung mit alten Bäumen. Mit jedem Schritt eröffnet sich der Blick auf eine andere Baumpersönlichkeit. Es ist faszinierend zu erleben, welche eigenwilligen Wuchsformen Buchen entwickeln können, wenn man sie alt werden lässt. Welch ein Gegensatz zu den forstlich geschätzten Buchendomen mit ihren eher schlank und rank und mit makelloser Rinde gewachsenen Bäumen. Gerade auf dem Soonwaldkamm finden sich noch die verschrobenen Veteranen mit ganz eigenem Charakter, keiner wie der andere, in Würde alt geworden. Und auch als Totholz tragen sie noch zum Leben bei. Alte Buchen sind ein rarer Schatz der Biodiversität. Vor allem ganze Bestände solcher Bäume sind weltweit äußerst selten. Das wird von den Europäern oft übersehen. Bei aller berechtigten Aufregung über die Zerstörung tropischer Regenwälder übersehen wir die Werte, die sich direkt vor der Haustür befinden.

Das ist ein bekanntes Phänomen: alles, was man täglich sieht, erscheint durch die Gewohnheit „gewöhnlich" und erfährt eine unbewusste Abwertung - eine gefährliche Falle. In jüngster Zeit hat die biologische Wissenschaft immer wieder darauf hingewiesen, dass gerade die alten Buchen in einem Alter von 160 plus unverzichtbare Inseln der Biodiversität sind, die auch durch eine Neupflanzung oder selbst durch eine Naturverjüngung nicht adäquat ersetzt werden können. Mit jedem gefällten und abtransportierten alten Baum verschwindet ein Buch aus der Bibliothek der Natur - unwiederbringlich ...

Der Mann ohne Kopf

Ein Soonwälder erinnert sich: Das waren die schönsten Winterabende, wenn mein Großvater Gespenstergeschichten erzählte. Auch die vom Mann ohne Kopf gehörte dazu. Er erzählte sie geheimnisvoll aus einer dunklen Zimmerecke heraus, und das spärliche Licht des flackernden Kaminfeuers setzte seine gruseligen Geschichten ins rechte Licht. Wir Buben wollten nicht schlafen gehen, aber wenn der Großvater mit einem energischen „Marsch ins Bett" uns aus der Stube fegte, wussten wir, was die Uhr geschlagen hatte. Mit den Spukgeschichten war es aus, aber das Gruseln verfolgte uns bis in die Träume.Doch nun zu meiner Lieblingsgeschichte: Mein Vater war etwa zehn Jahre alt, da nahm ihn sein Vater, mein Großvater, mit zum Onkel nach Eckenroth, wo sie Äpfel holen wollten. Es war ein wohlig-warmer Herbsttag, als sie durch das Guldenbachtal in Richtung Stromberg fuhren. Der Heimweg war spät angetreten worden und die Mitternachtsstunde war nicht mehr weit, als sie am Ellerner Weiher vorbeikamen. Das Licht des Vollmondes ließ schon bald jedes Gebüschgeheimnisvoll erscheinen. Mein Vater dachte an all die Gespenstergeschichten, die er als Junge gehört hatte. Sie schwirrten ihm durch den Kopf und nahmen in jeder dunklen Ecke neue Gestalt an. Vater und Sohn schwiegen, als sie an Schäfers Wiesen vorbeifuhren, von denen es heißt: Hier geht der Mann ohne Kopf um.

Immer wieder schauten die beiden ängstlich zu den Weiden hinüber. Da, oh Schreck, tauchte in seltsam geisterhaften Bewegungen ein Mann aus der Dunkelheit auf. „Sicher der Mann ohne Kopf!" dachten beide gleichzeitig. Der Fremde steuerte ausgerechnet genau auf ihre Pferde zu: „Da ist er, der Mann ohne Kopf!", stammelte mein Vater schließlich und rückte näher an den Großvater heran. „Bist du ruhig!", schimpfte der ärgerlich und überlegte, ob es wohl besser sei, sich einmal das Gespenst genau anzugucken, oder auf die Pferde einzuschlagen und loszujagen. Da stand die gespenstische Erscheinung aber schon vor den Pferden, griff dreist in die Zügel und lallte: „Nemmt meich mett, eich komme nit meh hämm, eich honn in Ellere bißche viel Brandwein gedrunk!" Damit hatte sich das Gespenst gut vorgestellt. Es war ein betrunkener Korbmacher, der in Ellern zu viel Schnaps getrunken hatte und dessen Beine ihm nicht mehr gehorchen wollten. Das Korbmacher-Gespenst hatte es daher für richtiger gefunden, sich zunächst einmal in den Wiesen zum Schlafe niederzulegen und war dann vom Wagengeräusch geweckt worden. Mein Großvater gab ihm für den ausgestandenen Schrecken einen Schluck Bier gegen den Nachdurst. Dann machte der Mann es sich auf dem Wagen bequem und quartierte sich bei uns zu Hause in der Scheuer ein, wo er auf einer Schütte Stroh seinen Rausch ausschlafen konnte.

Was vielleicht dahinter steckt...

Das Guldenbachtal ist besonders reich an alten Geschichten. So soll in den Fluten des Guldenbachs einst Gold gefunden worden sein. Das Gold ist heute verschwunden, nur der Name des Baches ist geblieben. An dieser Entwicklung soll die Habgier der Menschen schuld sein, denn einst wohnten fleißige Zwerge in den Felshöhlen nahe Stromberg. Sie förderten des Nachts an der Burg Gollenfels Gold zu Tage. Menschenfreundlich wie sie waren, warfen sie immer mal wieder ein Goldklümpchen in den Guldenbach. Aber die Menschen waren undankbar und gierig. Sie konnten von dem leuchtenden Gold nicht genug bekommen. Eines Tages schlichen sie heimlich zu den Höhlen der Zwerge und wühlten in deren Hab und Gut. Als die Zwerge nach Hause kamen und dies bemerkten, verschwanden sie wutentbrannt auf Nimmerwiedersehen – und mit ihnen auch das Gold. Die Sage erzählt von den bösen Folgen der Habgier und warnt davor. Ganz in der Nähe der in der Sage beschriebenen Örtlichkeiten wurde 1869 das „Grab der Fürstin von Waldalgesheim“ gefunden, ein reich ausgestattetes Prunkgrab aus frühkeltischer Zeit. Zuerst kam ein Goldschatz ans Tageslicht mit verschiedenen Schmuckstücken. Zwei Ringe haben einen sehr hohen Feingoldgehalt. Die Forscher vermuten, dass griechische Goldmünzen zur Herstellung der vier Goldringe verwendet worden sind, aber vielleicht auch Gold aus dem Guldenbach. In Waldalgesheim gab es bereits in frühkeltischer Zeit Eisen-Mangan-Erz, das an der Oberfläche austrat. Mit diesem Rohstoff dürfte die Fürstin gehandelt haben. Sie muss sehr reich gewesen sein.

Die Geschichte „ Der Mann ohne Kopf“ nimmt sich dagegen ein weiteres Laster vor: die Trunksucht. Aber in diesem Falle fällt die Strafe erstaunlich milde aus. Nach dem ersten Schrecken begegnet man dem betrunkenen Korbmacher mit Nachsicht, gibt ihm Bier gegen den Nachdurst und lässt ihn seinen Rausch ausschlafen. Das hat seine Gründe. In einer Landschaft, in der Bier und Wein in bester Qualität hergestellt werden, gehört „ein Gläschen in Ehren“ zum guten Ton und der gepflegte Umgang mit alkoholischen Getränken ist Kulturgut. Außerdem gelten Bier und Wein im Soonwaldraum seit Jahrhunderten zu Recht als gesunde „Über“ - Lebensmittel. Vergorene Getränke dienten den Menschen früher als relativ keimarmer Ersatz für das oft minderwertige oder gar verseuchte Trinkwasser. Dagegen warnt die Sage ausdrücklich vor „Branntwein“ und meint damit das entgrenzte Trinken; das Besäufnis. Es ist interessant, wie die Sage diesen Unterscheid betont. Doch selbst der Rausch erscheint noch als lässliche Sünde, im Gegensatz zur Gier nach Gold, die grausame Strafe nach sich zieht. (Siehe auch Sage 3)

Eine alte Buche erzählt

Ich habe Generationen von Förstern erlebt. Sie waren alle für „ihren" Wald tätig, jeder auf seine Weise, rastlos die einen, gelassen die anderen. Einer von ihnen hat mir zugehört, immer wieder, und meine Geschichte festgehalten. Er kann sie inzwischen besser erzählen, als ich selbst. Hier ist sie: „Was ein Wunder, dass ich so alt geworden bin, gut 220 Jahrringe, da kommt kein Mensch mit! Aber auch unsereins braucht dafür viel Glück. Wir können keiner Gefahr ausweichen, so verwurzelt wie wir sind. Nicht einmal ducken ist möglich. Als ich hier oben in luftiger Höhe von 620 Metern am Rennweg auf die Welt aufschlug, (das nennt man bei uns so, denn der Buchensamen hat keine Flügel und schlägt daher beim Fall ungebremst auf den Boden auf), gab es noch königliche Förster, Köhler räucherten uns ein, und der Vieheintrieb zur Waldweide geißelte unser Dasein. Meine ersten Erinnerungen sind stolze napoleonische Truppen. Vom Westen her kommend waren sie auf dem Weg, das restliche Europa zu erobern, ihre revolutionären Ideen zu verbreiten, Völker zu unterwerfen. Aus dieser Zeit fällt mir eine interessante Begegnung ein. Über den Rennweg kamen wilde Gestalten, ihr Anführer nannte sich Schinderhannes. Heute sind nach ihm Brot, Bier, Schnitzel und sonstiger Firlefanz benannt. Eben dieser Schinderhannes band seinen dreckigen, verschwitzten und geschundenen Gaul an eine etwas stämmigere Buchengerte. Im Nachhinein für mich doch eine Ehre! Kaum ein paar Jahre später, der Schinderhannes war schon geköpft, der Gaul vielleicht noch am Leben, kamen jetzt verlumpt die ehemals so stolzen französischen Truppen fluchtartig den Rennweg zurück. Als ich dieses Elend sah, war ich doch froh als Baum auf die Welt gekommen zu sein. Jetzt aber ging es aufwärts. Mein ehemals königlicher Förster, zwischenzeitlich Forestier, wurde nun preußisch und ich irgendwie auch. Wir waren stolz. Fest verwurzelt verbrachte ich meine ertragreichsten Jahre im armen Quarzitgestein auf dieser windigen Höhe. Ein echt preußisches Dasein: Hohe Stellung und wenig zu beißen! Die forsche Forstwirtschaft mit ihren planmäßigen Durchforstungshieben bescherte mir alle 5 bis 10 Jahre eine Zitterpartie. Ich musste fürchten, wegen meiner dicken Äste und Beulen zugunsten eines edleren Nachbarn entfernt zu werden. Doch Schwein gehabt, wie man heute sagt. Aber einmal, ich war schon sehr in die Jahrringe gekommen, hätte es mich bald erwischt. Einem ganz forschen Förster mit dem Adler des Dritten Reiches am Hut und schäbigem Reißhaken in der Hand, gefiel meine Figur offenbar nicht. Er verpasste mir zwei Schmarren zum Zeichen der Fällung. Das war mein Todesurteil! Traurig wartete ich auf die Vollstreckung. Als die Henkersleute mit Axt und Trummsäge kamen, schauten sie mich armen Delinquenten an und meinten: „Den abzuschneiden geht über unsere Kräfte", und kunstgerecht schmierten sie mit Erde und Moos des Försters tödliche Markierung zu. Ich war noch mal gerettet! Bald darauf, nach dem Zusammenbruch Deutschlands, fand sich hier im Soonwald eine illustere Gesellschaft zur Jagd ein. Es waren die Diplomaten der jungen Bonner Bundesrepublik. „Diplomatenjagden" nannten sich diese Ereignisse. Ich glaubte anfänglich doch wirklich, dass hierbei die Diplomaten gejagt würden. Ein bekannter Liedermacher sah das wohl auch so, denn sein Text besingt mit dem Reim: "Man reichte ihm die Büchse, es prasselte das Schrot, so findet der Außenminister

den Tod.“ Doch in Wirklichkeit kam kein Diplomat zu Schaden, geschweige denn zur Strecke. Dort lag dann abends im Fackelschein ausschließlich unser heimisches Wild. Auch kein Treiber. Vermutlich hat die Androhung, einem alten Witz zufolge: „Wer einen Treiber erschießt, muß seine Witwe heiraten“, hier das Schlimmste verhindern können. Die Diplomaten hatten schon lange kein Interesse mehr an uns, da hat die Natur mit all ihrer Gewalt Jagd auf uns Bäume veranstaltet. Hierbei kamen diesmal große Teile des Waldes zur Strecke. Besonders die Nadelholzbestände wurden nach Erreichung der „Mittleren Reife“ geradezu ausgelöscht. Es war im Frühjahr 1990 als der stärkste Sturm, den ich je durchzustehen hatte, ein echter Orkan, tagelang an uns zauste. Als ich diesen Götterzorn überstanden hatte, war ich froh noch im Boden verankert zu sein. Nur die trockenen Äste „sind mir sprichwörtlich aus der Krone gebrochen“. Doch nichts ist so schlimm, dass es nicht für was gut ist, denn ich erfreute mich zunächst einer phantastisch freien Sicht. Die Licht und Sicht versperrenden Fichten hatten nicht Stand halten können. Zugegeben, es waren prächtige Exemplare, die mir seit einiger Zeit über den Kopf gewachsen waren, doch ich habe sie nie so recht gemocht, war ich doch der Auffassung, dass die Flächen auf denen sie einst künstlich gepflanzt wurden, von der Natur her auf ganz natürliche Weise für meine Nachkommen vorgesehen waren. Doch jetzt sah es schrecklich aus in unserem Soonwald. Trotz verbesserter Aussicht, die Fichten und all die mit ihnen gefallenen, haben mir in der Seele leid getan. Für die Forstleute war das eine unglaubliche Herausforderung, bei der ihnen damals niemand reinreden mochte. Diese Freiheit beflügelte sie zu besonderer

Kreativität. Eine gewisse Großzügigkeit bei der Wiederbewaldung mit hauptsächlich Laubbaumarten, der Anlage von Tümpeln und Teichen und vieles mehr, verbesserte das gesamte Soonwaldbiotop zu Gunsten einer erhöhten Artenvielfalt, die ja so überaus wichtig ist. Ja, das lobe ich mir. Das Ergebnis kann sich heute sehen lassen. Ein Stein am Landrichtweg, der Orkanstein; erinnert an das Ereignis von damals. In jüngster Zeit kommen mir meine Äste und Beulen, derer ich mich früher schämte, doch sehr zugute. Die Globalisierung hat uns mit chinesischen Holzeinkäufern „beglückt", die kaufen uns Buchen so gut wie alle auf, nur mit Ästen und Beulen mögen sie uns nicht. Es wäre auch kaum auszudenken, nach so langem Leben tot in das Reich der Mitte verfrachtet zu werden. Jetzt glaubte ich ganz sicher, es könne nichts mehr passieren. Von wegen. Im letzten Winter war es noch mal ganz gefährlich und das nur auf Grund der Straßensicherungspflicht. Allein deshalb mussten meine alten Kameraden entlang des Rennwegs weichen. Aus meiner Sicht als erfahrener Baum kann ich nur feststellen, dass die Natur die Sicherungspflicht durch ihre zunehmend heftiger werdenden Stürme im Wesentlichen selbst übernommen hat. Bei so einem Windwurfereignis habe ich noch nie einen Menschen im Wald gesehen. Das morsche Holz bricht ohne Gefährdung und der Rest hält bis zum nächsten Sturm. Aber ich habe ja keine Ahnung. Merkwürdig, kein Forstbediensteter hat Angst, von einem unserer trockenen Äste erschlagen zu werden, vielmehr ist es die Furcht, für einen möglichen Unglücksfall verantwortlich zu sein. In diesem Zusammenhang habe ich nun auch noch eine Berührung mit der Emanzipation bekommen, mit der ich als Einhäusig-zweigeschlechtlicher von Natur aus kein Problem habe. Hatte ich es bisher nur mit Männern zu tun - hier war es ausgerechnet eine Frau, die diese Fällung uralter Bäume in der Zeitung bedauerte. Damit hat sie in meinem Sinn zum Nachdenken angeregt, in der Hoffnung nicht in jedem denkbaren Fall uns der Sicherheit wegen so radikal zu beseitigen. Förstern mit Naturverständnis, nur solche habe ich kennen gelernt, hat sie damit sicher auch geholfen. Abschließend nun zu meinem letzten Wunsch. Er ist, bei lebendigem Leib von Spechten zerhackt, vom Marder bewohnt und von Käfern und ihren Maden zerlegt zu werden. Die haben dann noch Jahrzehnte an mir, und ich helfe damit wiederum diesen Arten beim Überleben. Doch bis dahin ist noch ein Weilchen Zeit, nutzen wir sie zu einem natürlichen und sinnvollen Leben. Bald sind wir alle eins."

von Helmut Haack

Was vielleicht dahinter steckt...

In den letzten Jahren gab es einige Unruhe unter den Freunden des Soonwaldes über die Tatsache, dass einige Baum-Veteranen von großem ästhetischen Wert, Würde und Schönheit, gefällt wurden. Davon betroffen waren auch alte Buchen am Rande des Rennweges, dort, wo auch die Hauptfigur unserer Geschichte ihren „Stamm"-platz hat. Die Geschichte „Eine alte Soonwaldbuche erzählt" ist ein Versuch diese Geschehnisse zu verarbeiten und den Blick zu erweitern für die historische Dimension einer Baumbiographie. Damit fügt sich die Erzählung perfekt ein in die Reihe der anderen Texte, denen oft auch pädagogische Absichten nicht fern sind.

Alte Bäume werden aus verschiedenen Gründen geschlagen. Zum einen gehört es ganz selbstverständlich auch zu einer nachhaltigen Waldwirtschaft, dass der Wald ein Wirtschaftsgut ist und alte Bäume verkauft und verwertet werden. Zweifelhaft wird dies aber dann, wenn ihr Erlös durch mindere Qualität extrem gering ist. Das kann zum Beispiel dann der Fall sein, wenn eine alte Buche geschlagen wird, um sie dann als Brennholz billig zu verscherbeln. In den letzten Jahren waren viele Forstleute auch durch die sogenannte „Verkehrsicherungspflicht" verunsichert, durch die die Waldbesitzer bei Unfällen im Wald haftbar gemacht werden konnten. Einige Forstbeamte sahen sich dadurch genötigt, bei Verdacht, zum Beispiel auf trockene Äste, Altbäume rigoros zu fällen aus lauter Sorge, Wanderer könnten Schaden nehmen, wurde vor allem entlang der Wanderwege oft zu viel des Guten getan und wertvolle alte Bäume gefällt. Es entstand die absurde Situation, dass genau die einmaligen alten Bäume gefällt wurden, derentwegen Naturfreunde den Wald schätzen und besuchen. Glücklicherweise hat sich mittlerweise die Gesetzeslage geändert. Der Deutsche Bundestag hat im Juni 2010 das zweite Gesetz zur Änderung des Bundeswaldgesetzes beschlossen. Damit wurde das aus dem Jahre 1975 stammende Gesetz modernisiert. Es wird klargestellt, dass „die Benutzung des Waldes insbesondere hinsichtlich der waldtypischen Gefahren auf eigene Gefahr erfolgt." Seitdem braucht aus Gründen der Haftung kein alter Baum mehr zu fallen, auch im Soonwald nicht, dessen alte Eichen - und Buchenbestände für Biodiversität und Klimaschutz Unbezahlbares leisten.

Forst und Hegemeister Mathias Bollinger

•20. Oktober 1858; † 20. Juni 1961 in Seesbach

„Betreute von 1890 bis 1925 als Revierförster das Forstrevier Alteburg, Forstamt Entenpfuhl, 1896 bezog er das neu erbaute Forsthaus an der Landstraße nach Gemünden unweit der Triffthütte. Hier kamen zwischen 1897 und 1911 sieben seiner acht Kinder zur Welt. Jeden Tag gingen die Kinder zu Fuß vom Forsthaus nach Seesbach zur Schule. Als sie im Winter frühmorgens das Elternhaus verließen, war es noch dunkel, als sie nachmittags heimkehrten, wurde es auch wieder dunkel. Trotzdem verlebte die Familie eine glückliche und einträchtige Zeit zusammen – übrigens ohne Strom, Telefon und fließend Wasser! Mathias Bollinger blieb auch nach der Pensionierung für den Soonwald aktiv. Jeden Tag konnte man ihn in „seinem“ Revier noch bis ins hohe Alter antreffen, wobei er seine Nachfolger nicht bevormundete, sondern ihnen bestmöglich, aber unaufdringlich Unterstützung anbot. Nach ihm ist eine starke Eiche in der Abteilung 209 am sogenannten Landrichtweg benannt. Anläßlich seines 100. Geburtstages erlegte er unter Assistenz des damaligen Revierleiters Willy Jahn noch einen Zehnender-Kronenhirsch. Tiefer Respekt und Erfurcht vor dem Mitgeschöpf, nicht Stolz und Überheblichkeit sprechen aus den Augen des engagierten Forstmannes beim Betrachten seines Jagderfolges, ein Vorbild für Jäger und Förster bis zum heutigen Tage. Mathias Bollinger starb am 20. Juni 1961 in Seesbach und war fast genauso lange Pensionär wie aktiver Forstmann. In jener Zeit eine absolute Seltenheit. Am 20.10.2006 gewidmet von einem Berufskollegen in dankbarem Gedenken an die große Aufbauleistung der damaligen Forstleute im Soonwald.“

Abschrift einer Infotafel zu Hegemeister Mathias Bollinger,
Quelle Wikipedia, Urheber Prankster

Schloss Dhaun
49° 48`54.62`` N 7° 30`04.33`` O

Kallenfels
49° 47`51.00`` N 7° 26`15.00`` O

Hennweiler
49° 49`26.83`` N 7° 25`03.05`` O

Teufelsfels
49° 49`59.73`` N 7° 26`00.28`` O

Hahnenbachtal
49° 52`23.00`` N 7° 23`00.00`` O

Koppenstein
49° 53`22.28`` N 7° 29`14.93`` O

Trifthütte
49° 52`17.37`` N 7° 33`06.07`` O

Kallweiler
49° 51`52.63`` N 7° 34`44.07`` O

Seesbach
49° 51`00.00`` N 7° 32`60.00`` O

Simmertal
49° 48`28.00`` N 7° 31`03.00`` O

Glashütter Wiesen
49° 55`59.33`` N 7° 37`35.28`` O

Wildburg
49° 54`51.28`` N 7° 33`49.17`` O

Guldenbachtal
49° 55`40.09`` N 7° 47`30.29`` O

Rennweg
49° 53`48.03`` N 7° 34`33.29`` O

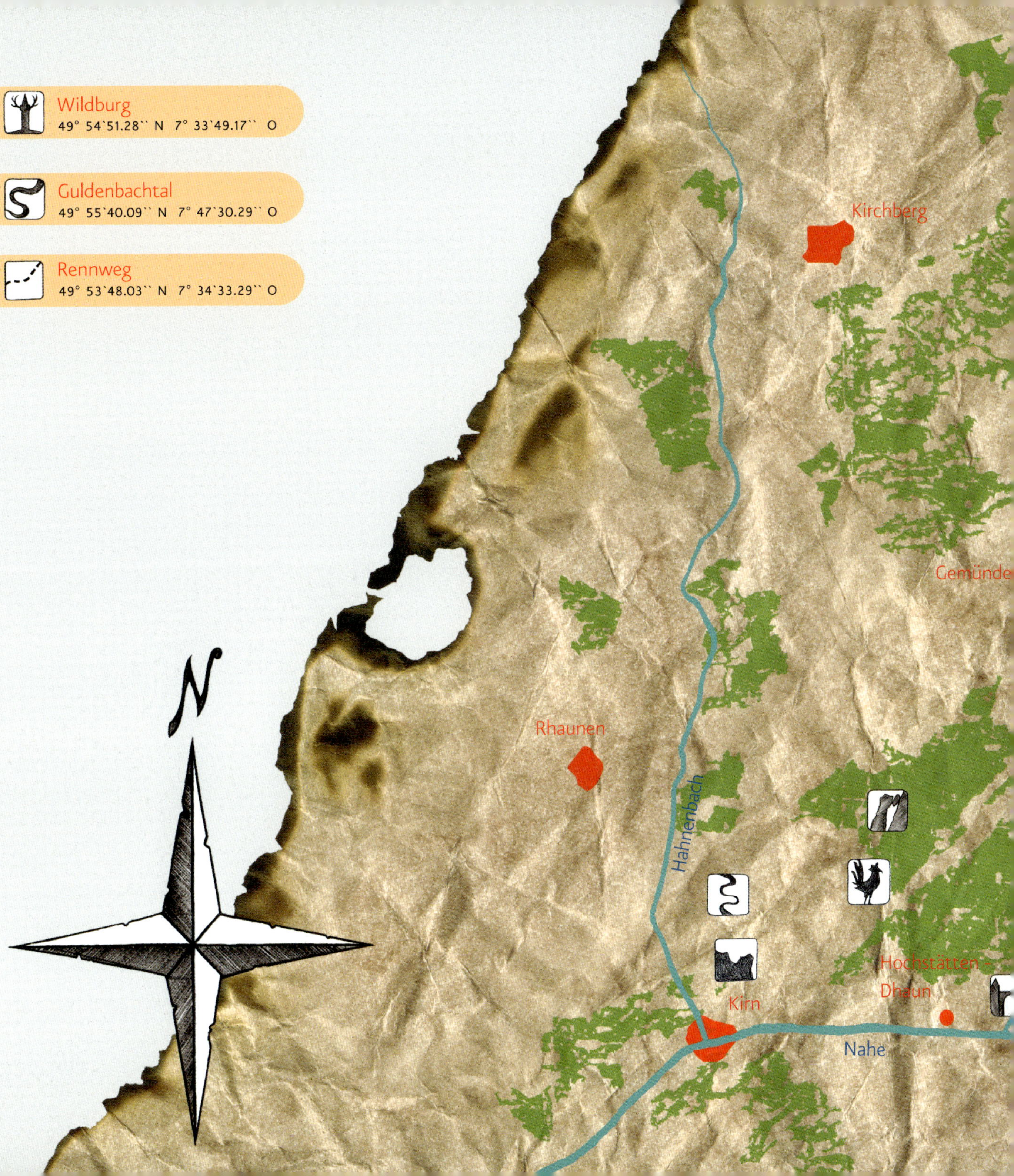

Simmern
Rhein
Bingen
Stromberg
Guldenbach
Simmerbach
Langenlonsheim
Guldental
Bad Kreuznach
Bad Münster
Nahe
Alsenz
Monzingen
Nahe
Bad Sobernheim

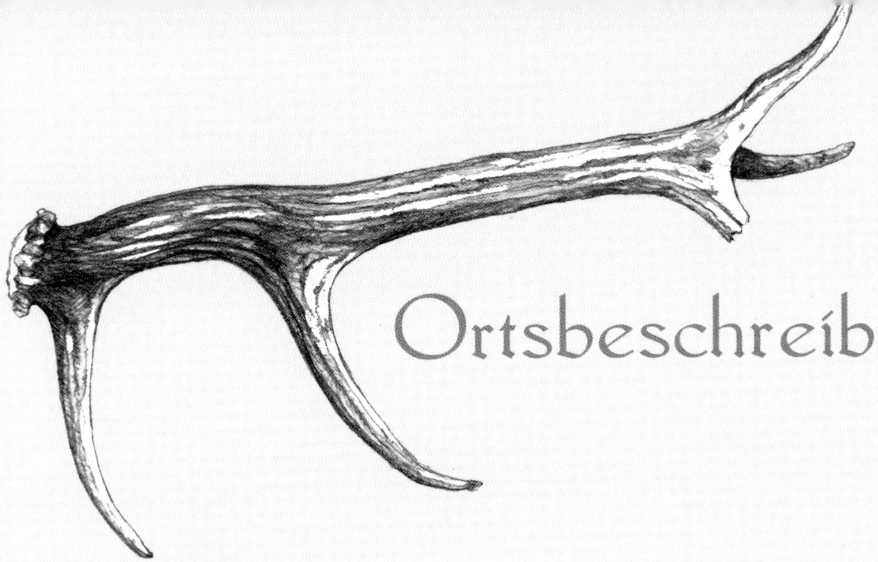

Ortsbeschreibungen

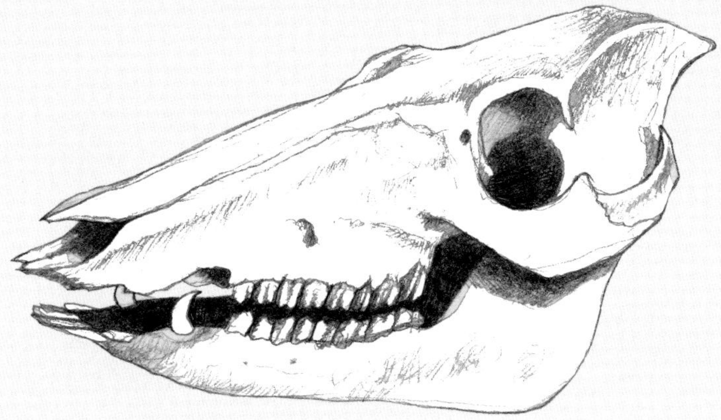

Schloß Dhaun

Schloss Dhaun liegt in der Ortsgemeinde Hochstetten-Dhaun. Mit der Akademie Schloss Dhaun und der Stiftskirche St. Johannisberg bietet die Gemeinde ihren Besuchern zwei Sehenswürdigkeiten von überregionaler Bedeutung. Die Schlossakademie ädt zu Seminaren im Bereich der Jugend- und Erwachsenenbildung ein. Eine weitere Attraktion ist der Geologische Lehrpfad, ein Rundwanderweg, der die außergewöhnliche erdgeschichtliche Entwicklung der Region aufzeigt. Schloss Dhaun liegt etwas abseits der Nahestrecke. Von der A 61 kommend fährt man die B 41 in Richtung Bad Kreuznach und dann in Richtung Idar-Oberstein. Nach etwa 35 km biegt man in Hochstetten rechts auf die Dhauner Straße ab. Das Schloss ist ab hier ausgeschildert.

Kallenfels

Kallenfels liegt am linken Ufer des Hahnenbachs im südlichen Hunsrück, an der L 182, der „Hunsrück Schiefer- und Burgenstraße". Der ehemals selbstständige Ort ist heute ein Stadtteil der Stadt Kirn. Die Burganlage befindet sich in Privatbesitz und ist bis auf die untere Burg schwer zugänglich. Die Ruinen sind jedoch auch heute noch gut zu sehen. Vom Wanderparkplatz oberhalb der Ruine führt ein Weg zu den Resten einer Toranlage eines der Wohngebäude und zum Bergfried. Alles andere ist kaum noch zu erkennen, zerfallen und überwachsen. Die Burgruinen von Kallenfels sind eine der ersten Stationen des Soonwaldsteigs.

Hennweiler

Der westliche Teil des Soonwaldes heißt Lützelsoon, was „kleiner Soon" bedeutet, verwandt auch mit dem englischen Wort „little".Dieses Waldgebiet ist besonders „sagenhaft". Viele der alten Geschichten sind hier angesiedelt. Am Fuße des Lützelsoons liegt die Ortsgemeinde Hennweiler auf einem langgestreckten Höhenrücken. Westlich davon fällt die Hochebene ins Hahnenbachtal und östlich ins Kellenbachtal ab. Die etwa 1400 Einwohner zählende Gemeinde verfügt mit einem Dorfladen mit Metzgerei, einer Bäckerei und drei Gasthäusern über eine gute Infrastruktur. Sehenswert ist die evangelische Stephanuskirche mit ihren mittelalterlichen Fresken - und Grabdenkmälern und der Stumm-Orgel. Hennweiler ist auf Grund seiner Lage ein idealer Ausgangspunkt für vielfältige Ausflüge. Der Ort liegt nah am Soonwaldsteig und am Teufelsfels mit Aussichtsturm (siehe Sage 5). Auch Schloss Wartenstein mit attraktiven Austellungen zum Soonwald und Schloss Dhaun (siehe Sage 1) sind nicht weit entfernt.

Teufelsfels

Der Teufelsfels ist der größte und mit Sicherheit auch einer der interessantesten der vielen großen ausgewaschenen Quarzithärtlinge des Soonwaldes. Er lässt sich am besten vom Wanderparkplatz an der K 5, der Straße von Hennweiler nach Bruschied erreichen. Der als Naturdenkmal ausgewiesene Teufelsfels auf einer Höhe von 568 Metern liegt auf der Gemarkung der Gemeinde Woppenroth. Bis in die 1960er-Jahre konnte der im Volksmund „dicker Stään" genannte Fels mit einer Eisenleiter bestiegen werden. 1984/85 baute die Ortsgemeinde Hennweiler einen Aussichtsturm, der eine eindrucksvolle Rundumsicht über den Hunsrück und im Süden bis hin zum Donnersberg ermöglicht. Der Teufelsfels liegt wie viele der anderen sagenhaften Orte auch am „Soonwaldsteig", dem wunderschönen „Weg der Stille" von Kirn bis an den Rhein.

Hahnenbachtal

Das Hahnenbachtal biegt in Höhe der Birkenmühle von der L 182 ab. Oberhalb des Forellenhofs Reinhardsmühle ist es eines der letzten Bachtäler im Soonwald, durch das keine Straße führt. Unter seinen Liebhabern wird es auch das „Schmetterlingstal" genannt, weil hier im Hochsommer viele seltene Schmetterlinge zu beobachten sind. Oberhalb einer Bachschleife erhebt sich auf einem schroffen Bergsporn die mächtige Ruine Schmidtburg. Die Burgruine, die in Fachkreisen als Fossilienfundstätte weltweit bekannte Schiefergrube Herrenberg und die rekonstruierte Keltensiedlung Altburg bilden wenige Wanderminuten von einander entfernt ein unvergleichliches Ensemble historischer Zeugen der Millionen Jahre alten Geschichte dieser Landschaft. Für Kinder bietet der lebhafte Hahnenbach vielfältige Spielmöglichkeiten und ein Wasserlehrpfad zusätzlich interessante Abwechslung. Auch das Hahnenbachtal liegt am Soonwaldsteig.

Koppenstein

Die Burgruine Koppenstein ist vom Wanderparkplatz an der nach Henau führenden K 62 auf einem leicht ansteigenden Fußweg von ca. 600 m gut zu erreichen. Sie liegt auf einer Höhe von 565 Metern. Der Soonwaldsteig führt auch an dieser Burgruine vorbei. Der fünfeckige restaurierte Turm bietet einen Rundumblick über die Hunsrückhochfläche, einzelne Quarzitzüge des Soonwaldes und das Nahetal mit seinen Weinbergen. Südlich unterhalb der Ruine sind die Reste einer Ringwallanlage erkennbar, die vermutlich keltischen Ursprungs ist. Heute befindet sich im Burggelände eine solide Schutzhütte. Auch der Koppenstein liegt am Soonwaldsteig.

Trifthütte

Ob sich nun die Geschichte „Schinderhannes narrt die Gendarmen" tatsächlich in der Trifthütte abgespielt hat oder in einer anderen „Soonwaldspelunke" bleibt unklar – aber möglich ist es. Auch im ehemaligen „Gasthaus zur Post" in Simmern sowie desgleichen im Gasthaus „Bei Becke" in Hennweiler soll sich Ähnliches zugetragen haben. Die Trifthütte liegt an der L 229 zwischen Kallweiler und Gemünden, nicht weit entfernt vom Alteburgturm. Auf ihrem Grundstück stand eine alte „Schinderhannes-Eiche", heute ein vom Efeu überwachsenes Totholz. Das früher auch „Treberhannes Hütt" genannte Anwesen, ist jetzt ein Garten-Restaurant und Café. Die Spezialität des Hauses ist ein im Freien über Soonwald-Buchenholz gegarter Spießbraten.

Kallweiler

Die Wüstung Kallweiler lag am Südhang des Soonwaldes an der L 229 in der Nähe des heutigen Waldfriede und der Trifthütte (siehe Sage 8). An der Stelle der ehemaligen Siedlung steht heute die Gaststätte „Haus Kallweiler", die leider nicht regelmäßig geöffnet ist. Dem Lokal gegenüber liegt ein Damwildgehege mit einem beeindruckenden Albinohirsch.

Seesbach

Am südlichen Soonwaldrand in 400 Meter Höhe liegt an der L 230 die Gemeinde Seesbach. Sehenswert sind hier die tausendjährige Semendiskapelle mit gotischen Fresken sowie außerdem ein riesiger Felsen in der Dorfmitte. Ein wertvolles Zeugnis der jüdischen Geschichte des Ortes ist ein Friedhof mit altem Baumbestand, der an die jüdischen Bewohner von Seesbach erinnert. Seit den 1890er Jahren gehört auch noch eine kleine Siedlung im Wald, die ehemalige „Curcolonie Waldfriede" zur Ortsgemeinde.

Simmertal

Die Gemeinde Simmertal liegt an der B 41 nahe der Einmündung des Simmerbachs (im Unterlauf Kellenbach genannt) in die Nahe. Der Ort wurde 841 als „Simera" erstmals urkundlich erwähnt. Später hieß die Gemeinde „Simmern unter Dhaun", denn hoch über dem Ort liegt das Schloss Dhaun. Der Ortsname „Simmern unter Dhaun" führte früher trotz unterschiedlicher Postleitzahlen gelegentlich zu Verwechslungen mit Simmern/Hunsrück und Simmern/Westerwald, weshalb das Dorf 1971 in Simmertal umbenannt wurde.

Glashütter Wiesen

Man findet die Glashütter Wiesen, wenn man vom Wanderparkplatz Ellerspring an der L 108 der Strecke: Tiefenbach – Winterbach, dem Soonwaldsteig folgt. Der Ellerspringkopf ist mit 657 Metern die höchste Erhebung des Soonwaldes. Durch seinen Fernsehturm ist er weithin sichtbar. Auch die Glashütter Wiesen liegen am Soonwaldsteig.

Wildburg

Die Wildburg bildet mit 629 Metern die höchste Erhebung auf der Gemarkung der Ortsgemeinde Sargenroth. Die sagenhafte Burgruine ist von einem uralten Laubwald umgeben. Ihre einstige Ausdehnung auf ca. 120 mal 80 Meter Fläche ist kaum noch zu erkennen. Nur bei genauer Nachsuche sind am Fuß eines bizarren Felsklotzes mit dem darauf ragenden Rest eines Rundturms noch spärliche Relikte des mittelalterlichen Palas sowie auch die Grundmauern einstiger Wirtschaftsgebäude zu erkennen. Unterhalb der Wildburg liegt ein Forsthaus des Forstamtes Soonwald.

Guldenbachtal

Die Ortsangaben der Sage „Der Mann ohne Kopf" bringen den Leser ins schöne Guldenbachtal und an den Ellerner Weiher. Der Guldenbach fließt an Rheinböllen vorbei. Dort ist er zum Ellerner Weiher (an der B 50) gestaut; heute ein beliebter Anglertreff. Sein Weg führt ihn weiter durch Stromberg, Schweppenhausen, Windesheim nach Guldental. Der Guldenbach bildet die Grenze zwischen dem Großen Soon im Südwesten und dem Binger Wald im Nordosten, dem östlichsten Teilm des Soonwaldmassivs.

Rennweg

Die von Helmut Haack zum Sprechen gebrachte Eiche gibt es tatsächlich. Man kann sie finden, wenn man vom Wanderparkplatz Ellerspring über die Tiefenbacherstraße westlich in Richtung Alteburg über den den Soonwald längs durchziehenden Rennweg wandert. Nach etwa 400 Metern führt ein Weg in die erste Schneise hinein, zum Soonwaldsteig. Direkt dort findet sich die alte Buche in den Resten eines sich auflösenden Altholzbestandes. An ihrer charakteristischen Form (siehe farbige Abbildung) kann man sie sofort erkennen.

Die Quellen zu den Sagen im vorliegenden Buch sind im Folgenden summarisch erfasst, da sich die meisten Sagen in verschiedenen Quellen in Varianten wiederfinden. Wer sich mit den Sagen näher befassen möchte, dem empfehlen wir einen Besuch in der Heimatwissenschaftlichen Bücherei der „Arbeitsgemeinschaft für die Heimatgeschichte und Genealogie des Nahe-Hunsrückraumes" im Verwaltungsgebäude der Verbandsgemeinde Kirn-Land in Kirn.

1. Bücher

Am heimatlichen Sagenborn. Alte und neue Sagen aus der Nahelandschaft. Gesammelt von M. Ohlmann. Bad Kreuznach 1952. 6. Auflage 1995. Fr. Fiedler-Verlag, Pfaffen-Schwabenheim.

Deine Hunsrückheimat. Ein Sachbuch für den Heimatkundeunterricht. Herausgegeben von einer Arbeitsgemeinschaft von Lehrern des Landkreises Simmern. Verlag und Buchdruckerei F. Böhmer, Simmern/Hunsrück 1964.

Die Sagen von der Saar, Blies, Nahe, vom Hunsrück, Soon- und Hochwald, gesammelt von Karl Lohmeyer. Zugleich dritte, weit mehr als verdoppelte Auflage der Sagen des Saarbrücker und Birkenfelder Landes. Druck und Verlag Gebr. Hofer AG., Saarbrücken 1935.

Mein Nahetal. Ein heimatliches Lesebuch. Herausgegeben von Karl Geib, Hans Klauer, M. Ohlmann und Dagobert Suderland. Mit Bildern von Walther Zimmermann. Druck und Verlag: Rheinische Verlagsgesellschaft, Teil 1 und 2, Koblenz 1927.

Rheinlandsagen für Jugend und Volk. Neu erzählt von August Antz. Wilhelm Stollfuss Verlag, Bonn 1961.

Rheinsagen. Dem deutschen Volk, der deutschen Jugend gewidmet von Karl d´Ester. Union Deutsche Verlagsgesellschaft, Stuttgart 1925.

Sagen, Märchen und Legenden von Rhein, Main und Nahe. Gesammelt von Helge Dettmer. Exklusiv-Ausgabe für die Rhein-Main-Presse. Herausgeber: Mainzer Verlagsanstalt und Druckerei Will und Rothe GmbH und Co. KG, Mainz.

Uwe Anhäuser: Sagenhafter Hunsrück. Band I. Ein Buch der Geschichte, Geschichten und Geheimnisse zwischen Mosel, Nahe, Saar und Rhein. Houben & Rademacher Rhein-Mosel-Verlag, Briedel/Mosel 1994.

Uwe Anhäuser: Sagenhafter Hunsrück. Band II. Merkwürdiges und Mysteriöses zwischen Mittelrhein und Westrich, im Nahe- und Moselland. Arne Houben Rhein-Mosel-Verlag, Briedel/Mosel 1995.

Margret Drees: Sagenwelt des Hunsrückraumes. Sagen, Episoden, Geschichtliche Erzählungen. Pandion Verlag, Simmern/Hunsrück 2003.

Berndt Schulz (Hrsg.): Burgensagen vom Rhein. Fischer Taschenbuch Verlag, Frankfurt am Main 1980.

Rainer Schlundt (Hrsg.): Sagen aus Rheinland-Pfalz. 2. Auflage 1983. Eugen Diederichs Verlag, München.

Rainer Schlundt (Hrsg.): Sagen aus Rheinland-Pfalz. Rowohlt Taschenbuch Verlag GmbH, Reinbek bei Hamburg 1995.

Hermann Stumpf: Geschichten und Sagen des Nahegaues. Zweite Auflage. Verlag von Karl Scheffel, Bad Kreuznach o. J.

2. Periodika

Bad Kreuznacher Heimatblätter. Beilage zum Oeffentlichen Anzeiger Bad Kreuznach. Verschiedene Ausgaben.

Heimatblatt für Nahe und Hunsrück. Beilage zur Kirner Zeitung. Verschiedene Ausgaben aus den Jahren 1921 bis 1940.

Hunsrücker Heimatblätter. Herausgegeben vom Hunsrücker Geschichteverein e.V., Simmern/Hunsrück.

Hunsrücker Heimatkalender bzw. Rhein-Hunsrück-Kalender. Heimatjahrbuch des Landkreises Simmern bzw. des Rhein-Hunsrück-Kreises.

3. Weitere Quellen

Text einer Infotafel zu Hegemeister Mathias Bollinger

Quelle Wikipedia, Urheber Prankster

Quellenangaben

Danksagung

Für aktive Unterstützung danken wir:

Initiative Soonwald e.V.,

Peter Dietz, Kirn
Claus Düker, Birkheim
Anke Enders, Hackenheim
Thomas Engbarth, Bruschied
Tobias Fülber, Waldfriede
Peter Gerlach, Sonnschied
Eva Germann, Saarbrücken
Helmut Haack, Simmern
Ludger Kochinke, Mainz
Ulrich Namislow, Volxheim
Karin Ochel-Spiess, Riesweiler
Alfred Pilz, Bad Kreuznach
Michael Schmidt, Hennweiler
Christel Schumacher, Unzenberg
Christel Staege und Hansjochen Staege, Winterbach-Kreershäuschen
Klaus Völker, Mainz
Günter Weckmüller, Hausen
Brigitte Westkamp, Bad Kreuznach
Friedrich Wilhelm, Kirn
Mario Wilhelm, Bad Kreuznach

und Aline